COLLE(

Panaït Istrati

Mes départs

Gallimard

Ce texte est extrait de *La jeunesse d'Adrien Zograffi : Codine. Mikhaïl. Mes départs. Le pêcheur d'éponges* (Folio n° 1592).

Panaït Istrati naît à Braïla, petit port du Danube en Roumanie, en 1884. Sa mère, blanchisseuse, vit librement avec un contre-bandier grec qui, dit-on, meurt tué par les gardes-côtes alors qu'Istrati est encore un bébé. Le jeune garçon passe plus de temps dans les rues colorées de Braïla qu'à l'école et croise la route de paysans, pêcheurs, marchands ambulants ou marins... il multiplie les petits métiers pour gagner sa vie. Peu à peu, il se forge une culture éclectique en lisant tout ce qui lui tombe sous la main. Il parvient à s'embarquer sur des navires qui lui font découvrir l'Italie, la Grèce, l'Égypte, le Liban... En 1916, la phtisie l'oblige à séjourner longuement dans un sanatorium suisse où il rencontre Josué Jehouda, un jeune intellectuel juif avec qui il se lie d'amitié. Josué lui apprend le français et lui fait lire les textes du romancier Romain Rolland. C'est une révélation pour Istrati ; il considère dès lors Romain Rolland comme son maître à penser. Rétabli, le jeune Roumain reprend ses voyages et ses errances autour de la Médi-terranée. Il commence à écrire en français et envoie son manuscrit à l'auteur de *Jean-Christophe*, malheureusement le paquet lui revient : Romain Rolland a déménagé... Sans un sou, il vagabonde à travers une Europe à feu et à sang et échoue finalement en 1921 dans un jardin public où il tente de se suicider en se tranchant la gorge. C'est à ce moment dramatique que la chance lui sourit enfin : non seulement il survit, mais un de ses amis trouve sur lui

une lettre pour Romain Rolland et la lui fait parvenir. Le romancier est immédiatement intrigué et séduit par les talents de conteur
du Roumain et l'aide à publier en 1924 son roman, *Kyra Kyralina*,
premier volume des *Récits d'Adrien Zograffi*. Le succès est au ren-
dez-vous. Suivent en 1925 *L'Oncle Anghel*, en 1926, *Présentation
des Haïdoucs* et, l'année suivante, *Nerrantsoula*. Sa vie s'organise
autour de l'écriture, de la photographie et des voyages. Il fait la
connaissance de Joseph Kessel qui préfacera ses œuvres complètes.
De retour d'URSS après un long séjour, il raconte ses désillusions
devant la réalité du régime soviétique dans un ouvrage, *Vers l'autre
flamme*. Malade, Panaït Istrati meurt à Bucarest, en Roumanie, en
1935.

Extraordinaire conteur et aventurier, il laisse une œuvre auto-
biographique, forte et colorée, dans laquelle il évoque la Roumanie de son enfance et prône la liberté.

Découvrez, lisez ou relisez les livres de Panaït Istrati :

LES RÉCITS D'ADRIEN ZOGRAFFI :

KYRA KYRALINA (Folio n° 1253)

L'ONCLE ANGHEL (Folio n° 1266)

LA JEUNESSE D'ADRIEN ZOGRAFFI :

CODINE-MIKHAÏL-MES DÉPARTS-LE PÊCHEUR D'ÉPON-
GES (Folio n° 1592)

NERRANTSOULA-TSATSA-MINNKA-LA FAMILLE PERL-
MUTTER-POUR AVOIR AIMÉ LA TERRE (Folio n° 1594)

DOMNITZA DE SNAGOV (Folio n° 1494)

VERS L'AUTRE FLAMME. Après seize mois dans l'URSS (Folio Essais
n° 57)

FIN D'ENFANCE
PREMIERS PAS DANS LA VIE

I

LA TAVERNE DE KIR LÉONIDA

J'avais douze à treize ans quand, dans la « chan-
cellerie » de l'École primaire n° 3, de Braïla,
M. Moïssesco, le directeur, demanda à ma mère,
en lui offrant mon certificat de fin d'études élé-
mentaires obligatoires :

— Qu'allez-vous faire de ce garçon ?

Poussant un long soupir, la pauvre répondit :

— Deh... monsieur le directeur... que voulez-
vous que j'en fasse ! Il apprendra un métier quel-
conque, ou ira se placer...

Le dos appuyé à la fenêtre, mon bon directeur
tourmenta un moment sa barbiche grise en la frot-

tant entre ses doigts, promena son regard de ma mère à moi, puis, fixant le sol, dit, comme pour lui-même :

— Dommage...

Et, après une pause :

— Vous ne pourriez pas l'envoyer au lycée ?

— Non... monsieur le directeur : je suis une femme pauvre et veuve... Une blanchisseuse à la journée...

— Dommage...

J'avoue que je ne voyais là aucun « dommage » : par contre, je me trouvais heureux d'en avoir fini avec cette corvée de ma belle enfance.

Je n'ai point aimé l'école, pour laquelle mes aptitudes ont toujours été médiocres, sauf en une seule matière, *la lecture*, qui m'a régulièrement valu la note la plus élevée. M. Moïssesco, à la bonté duquel je suis redevable d'avoir terminé les quatre classes primaires, s'acharnait à voir en moi un élève au tempérament prometteur et me faisait lire devant tous les inspecteurs scolaires.

Là encore, bel enseignement à tirer pour ceux qui se consacrent à l'instruction publique, à cette mégère qui ne comprend rien à l'âme de l'enfant, qui le fait marcher au son du tambour battant et à coups de fouet.

À cette époque-là, le maître d'école primaire

accompagnait sa classe de la première à la quatrième, et laissait aux mains du professeur suivant les élèves tombés à l'examen de fin d'année. Moi, à sept ans, commençant par la première, j'eus la malchance de me trouver livré à un barbare qui nous battait pour un rien. Résultat : la moitié de la classe fuyait l'école. Nous allions dans les marécages, ou, pendant l'hiver, jouions à la luge. Naturellement, je redoublai ma classe, et me retrouvai, l'année suivante, avec un maître plus fou encore que le précédent. Il nous décrochait les oreilles, nous blessait les mains à coups de verge, nous giflait au point de nous faire saigner du nez. Souvent, nous mettant à genoux sur des grains de maïs sec, il nous laissait dans cette position de midi à deux heures et faisait sauter notre déjeuner. Presque toute la classe *déserta*, d'un bout à l'autre de l'année.

Enfin, à l'ouverture de ma troisième année scolaire, nous en étions toujours à l'alphabet, quand vint le tour du directeur de nous prendre en main. Je n'oublierai jamais le changement de tactique qui se produisit, ce jour-là, sous nos yeux étonnés. Il n'y eut ni cris ni menaces. Nous rassemblant tous, «les récalcitrants», M. Moïssesco nous dit, assis sur un pupitre, au milieu de la classe :

— Alors, c'est vrai que vous ne vouliez pas apprendre ?

— Non ! Ce n'est pas vrai, monsieur ! On nous battait !

— Eh bien ! moi, je ne vous toucherai pas même du doigt, mais, si vous n'apprenez rien, sachez que le ministre me mettra à la porte... Vous me ferez perdre ma place... On dira que je suis un directeur incapable...

— Nous apprendrons, monsieur !

Et nous avons appris, en effet. Nous avons passé d'une classe à la suivante, jusqu'à la quatrième, guidés par notre bon M. Moïssesco.

Que son âme soit assise à la droite du Seigneur ! Sans lui, j'aurais peut-être échoué dans quelque maison de correction. Et l'idée d'aller au lycée pendant sept ans, d'y tomber sur des brutes autrement terrifiantes, d'user mon adolescence à briguer un problématique bachot dont maints possesseurs ne savaient que faire, non, cela ne me disait rien.

En route pour la maison, ma mère se lamentait :

— Mon Dieu... Il se peut que ce soit dommage, mais que puis-je, pauvre de moi !

Je la consolai :

— Laisse, maman... Tu verras que je trouverai, *moi tout seul*, un patron à mon goût !

Et je le trouvai... Tout seul... Peut-être pas tout à fait à mon goût.

Le reste de cet été-là, je le passai, comme d'habitude, à Baldovinesti, entre mes oncles Anghel et Dimi. Avec le premier, je faisais l'apprentissage de garçon cabaretier. Avec le second, je me grisais des derniers flamboiements d'une liberté qui devait passer dans le domaine des souvenirs que l'on n'oublie plus. Le matin, à la fraîche, oncle Dimi partait avec son fusil pour tirer les grives qui mangeaient le raisin. Je le suivais furtivement, comme un chien qui craint d'être renvoyé à la maison. Le soir, je grillais des épis de maïs vert, j'écoutais le concert des cigales, l'appel des grenouilles et l'aboiement des chiens. Après le dîner, si la nuit était belle, j'accompagnais l'oncle au pâturage, où, veillant les chevaux qui broutaient autour de nous, il fumait sans arrêt, causait avec d'autres paysans et consultait l'heure à la position des étoiles, pendant que je dormais, enveloppé dans sa *ghéba*.

Le jour, par la canicule, je me réfugiais dans la taverne de l'oncle Anghel, fraîche comme une cave. J'arrosais, balayais, lavais les verres et apprenais l'art d'ouvrir une cannelle pour tirer le vin. L'oncle me regardait faire et disait :

— Deh, mon garçon, je voudrais bien te garder près de moi, car tu m'as l'air dégourdi, mais ce ne serait guère sage : l'enfant qui se sent chez un parent devient effronté et se gâte. Il n'y a que chez les étrangers que l'on apprenne à devenir homme. Mais il ne faut pas entrer au service de quelque mesquin. Cherche un maître opulent. Et sers-le avec foi ! Ne t'habitue surtout pas à chaparder, c'est chose fort nuisible dans le commerce et qui porte malchance. Si tu as envie d'une friandise, va droit à ton maître, regarde-le ouvertement dans les yeux et dis-lui : « Monsieur Pierre, j'aimerais bien manger un craquelin aujourd'hui ! » S'il te donne un sou, achète et mange ; sinon, patiente !

*

Par un matin de triste octobre, sitôt ma mère partie au travail, je sortis, moi aussi, à son insu. Je faisais mes premiers pas dans l'arène où la lutte est ardue pour le pauvre. J'avais le cœur gros, car je sentais que les belles années de ma libre enfance avaient pris fin. Finie cette enfance qui fut joyeuse, malgré tout le sang que j'ai vu couler autour de moi, malgré les larmes et la rude peine de ma mère. Maintenant, je voulais gagner ma vie, ne plus être à sa charge, et, si possible, venir de temps en temps «verser mon pécule dans son tablier».

Ce désir m'obsédait depuis longtemps. Alors que j'allais encore à l'école, je m'arrêtais souvent pour regarder les pauvres gamins au visage bleu et aux mains crevassées, qui grelottaient l'hiver, devant les magasins, et tiraient les clients par la manche, en vantant à cris désespérés la qualité des marchandises. Je leur parlais longuement lors des divers achats domestiques, je connaissais leurs souffrances et les jugeais supérieurs à moi :

— Ils travaillent déjà, me disais-je ; leurs parents doivent être contents de ne plus les avoir à charge. L'année prochaine, je ferai comme eux.

Cette année-là était arrivée. Et, ignorant du nombre des gémissements qui s'échappaient en une heure d'une de ces poitrines couvertes d'un tablier de sac crasseux, j'allais, courageusement, presque fièrement, me chercher une place, *la trouver*, et, le soir, apporter à ma mère la bonne nouvelle.

Je n'allais pas à l'aventure. Je savais ce que je voulais et j'avais repéré une taverne qui me convenait à tous points de vue. D'abord, c'était une taverne grecque. (Oncle Anghel m'avait dit de m'embaucher chez des Grecs, «qui sont, habituellement, plus généreux que les Roumains».)

Ensuite, le patron était célibataire. (J'avais en hor-
reur les femmes des patrons, qui battaient les garçons et les obligeaient à laver les linges puants de
leurs bébés.) Enfin, ce cabaret était situé dans le
voisinage immédiat de mon cher Danube!

Pour rien au monde, je n'aurais accepté une
place dans un de ces magasins de manufactures ou
une de ces épiceries, dont les garçons se brisent les
reins à traîner, le matin, sur les trottoirs, la moitié du contenu de la boîte, à la rentrer le soir, et,
pendant la journée, à poursuivre le paysan jusqu'au milieu de la rue pour lui chiper son bonnet
et l'obliger ainsi à faire des emplettes.

Il est vrai que le métier de garçon de cabaret,
que j'avais choisi, comportait d'autres peines. À
part la répugnante vaisselle, et le fait que la boutique ne fermait pas le soir, mais à minuit et parfois même à l'aube, il y avait la terrible *hrouba*,
labyrinthe suintant et sans air, creusé «au fond de
la terre», épouvante du pauvre gamin forcé d'y
descendre cent fois par jour pour un simple verre
de vin «couvert de buée», qu'un ivrogne, le sou à
la main, lui réclamait sous les yeux du patron. On
prétendait que vers minuit, les *hrouba* sont peu-
plées de fantômes qui se cachent parmi les tonneaux, éteignent la bougie du garçon et lui sautent

sur le dos. Nombre de malheureux s'évanouissent.
Certains sont morts d'effroi.

J'avais entendu parler de toutes ces horreurs,
mais oncle Anghel m'avait prévenu :

— Il n'y a point de fantômes ! La bougie
s'éteint par manque d'air. Tâche d'entretenir les
soupiraux qui, n'étant que des trous dans le sol,
se bouchent facilement. Quant au verre « couvert
de buée », on ne t'en demande que pendant les
grandes chaleurs, lorsqu'il y a de la glace. Alors,
pour ne pas trop courir, sois malin : un gros pot
de vin avec de la glace, que tu garderas à ta portée dans la petite cave ; un peu de retard pour faire
croire que tu cours « au fond de la terre » ; un peu
d'eau gazeuse pour remplacer la « pression » du
tonneau, et voilà le verre « couvert de buée ». Mais
il faut avoir l'œil : ne joue pas de tels tours au
client qui « s'y connaît ».

La rue de Rive — qui peut avoir changé de nom
aujourd'hui — était, il y a trente ans, ce bout de
couloir qui commence dans l'avenue de la Cavalerie et se termine au-dessus de la vallée du Danube,
qu'il surplombe à pic. De là, son nom. Rue fort
fréquentée, sise en plein quartier *Karakioï*, que
peuplaient, en majorité, des Grecs, fameux par
leurs joyeuses orgies, mais nullement redoutables,

tels les habitants de *Comorofca* dont je parle dans
Codine.

Le *Karakioï* m'attirait par sa gaieté pacifique,
son côté cosmopolite : il m'était familier comme
mes poches ; en y flânant, je m'imaginais sur les
rives du Bosphore, ce fatidique éden que je désirais si ardemment connaître et dont je m'étais
fait une image à moi d'après des photos et des
estampes. Des Grecs rêveurs et libertins ; des
Turcs aux visages sévères ; de jeunes femmes
dolentes, craintives à force d'être trop tyranni-
quement aimées, éternelles amoureuses aux beaux
yeux mélancoliques, riches de sourcils démesuré-
ment arqués, lascives et séductrices à faire oublier
Dieu et adorer l'Enfer.

Durant des heures entières, je rôdais, en mes
jeudis de frénétique liberté, parmi ces fragments
de nations passionnantes venues à Braïla pour
faire fortune, rongées par la nostalgie de leurs
patries lointaines, et finissant toujours dans nos
tristes cimetières, deux fois tristes pour ceux qui
meurent en pays étranger.

C'est là que je puisai, dès mon enfance, toutes
ces impressions voluptueuses qui devaient me servir plus tard à composer le cadre et l'atmosphère
de *Kyra Kyralina*. C'est dans ce quartier, ou dans
celui de *Tchétatzouïé* — où les Turcs sont en

majorité —, que la mégère braïloise expédie toute
jeune amoureuse qui se montre par trop érotique :

— À *Karakioï*, à *Tchétatzouïé*, catin, si ça te
démange, lui dit-elle. — Ce sont les deux réser-
voirs d'amants fougueux de ma ville. Là j'ai voulu
me placer, pour apprendre et pour comprendre,
sans savoir pourquoi.

Vers le milieu de la *rue de Rive*, la taverne de
Kir Léonida, fameuse par ses vins et sa cuisine,
trônait, comme une illustre reine, sur un passé de
quarante ans d'héroïques ripailles. Fondée par
Barba Zanetto, le père de Kir Léonida, cette
« crasma » grecque avait présidé à l'édification de
mille fortunes et assisté à la déchéance d'autant
d'autres. Zanetto lui-même, grand vieillard bossu
qu'on appelait le *Ghizouroï*[1], ne parlait plus que
de son passé. Le présent, dirigé par son fils, n'était
qu'une faible image d'une gloire qui aurait vécu.

J'allais assister à ses dernières lueurs, y vivre
seize mois et apprendre le grec.

C'était vers les huit heures du matin. J'entrai
crânement.

Exquise odeur de pot-au-feu, l'incomparable pot-
au-feu grec, riche en céleri et en cette racine de per-

1. Personne qui ne dort jamais.

sil inconnue de l'Occident. Vieux cuisinier géant, longues moustaches blanches et regard de *cleftis*. Il manipulait les marmites, comme le banquier les banknotes, et ne m'honora que d'un coup d'œil bref, mais suffisant. Vaste boutique propre. Sur la grande table du chef, près d'une montagne de légumes et de viande, deux garçons de mon âge s'activaient à l'épluchage des patates. Au comptoir — brillant de sa belle batterie de liqueurs et eaux-de-vie —, le caissier lisait un journal. Point de clients. Pas de Kir Léonida, que je connaissais de vue.

Je donnai le bonjour. Le caissier — notre fameux caissier, le tyran des enfants soumis à ses ordres — me toisa de haut :

— Qui cherches-tu, jeunesse ?

— Kir Léonida.

— Il n'est pas là. Que lui veux-tu ?

— Je voudrais lui parler.

— Tu peux me parler à moi.

— Non, monsieur, merci. J'attendrai.

Le caissier reprit son journal. Je sortis. Si j'avais su quelle brute féroce se cachait sous la peau de ce paysan sans cœur, je me serais enfui à toutes jambes, pour ne plus jamais revenir.

*

Je me promenai quelque temps, soucieux : la taverne avait donc deux garçons ; avec le caissier et le patron, cela faisait quatre employés.

— Il se peut très bien que je ne sois pas accepté, me dis-je.

Mais cette crainte fut vite balayée par un sentiment tout contraire, qui me glaça le sang.

Je me trouvais au bord du plateau, très élevé en cet endroit, et l'apparition brusque du fleuve ami me rappela violemment la perte prochaine d'une liberté que j'allais vendre. Le ciel sombre, le Danube sablonneux, la forêt de saules tout endeuillée, les sirènes des bateaux : autant de cris sinistres, le roulement des voitures dans le port : glas funèbre... Une pluie fine se mit à tomber...

Je fus saisi d'un *trac* impitoyable. Quelque chose s'était rompu en moi. Il me semblait qu'un ennemi implacable se tenait prêt à m'arracher au monde, à ma mère, à la vie.

En un clin d'œil, j'oubliais mon beau projet de venir en aide à ma pauvre mère, et sans plus réfléchir, je dévalai à pas d'autruche la pente du ravin qui mène au port, où la pluie m'obligea de me réfugier dans un wagon de marchandises vide. Là, je m'aperçus que je n'étais pas seul. Une fillette de huit à neuf ans, blottie dans un coin, reprisait une déchirure à sa robe toute rapiécée. C'était une ramasseuse de déchets de céréales. À côté d'elle traînaient un sac contenant une poignée de grains, un petit balai et une ramassoire.

Mon apparition imprévue l'avait pétrifiée. Elle ne raccommodait plus et, les yeux fixés sur moi, me regardait comme une chatte effrayée par des chiens.

Pour ne pas l'inquiéter davantage et ne pas l'obliger à s'en aller dans la pluie, je m'arrêtai à l'entrée du wagon et ne fis plus attention à elle. D'ailleurs, sa présence n'avait rien d'extraordinaire : je vivais dans son milieu et savais, dès ce moment-là, tout ce qu'on peut savoir sur la misère des enfants avec ou sans foyer. Cependant, de temps en temps, je l'épiais à la dérobée. Elle avait repris son raccommodage ; des mèches de cheveux blonds pendaient sur son visage poussiéreux et maigrichon. Elle grelottait de tout son être, les doigts engourdis.

La pluie cessa. Je n'eus qu'une pensée : filer à la maison : « À la maison, chez maman... »

Au moment de sauter du wagon, je dis à la petite :

— Pourquoi restes-tu à repriser, là, dans le froid ? N'as-tu personne ?

— J'ai ma mère, mais elle est aveugle... Et,

dans ces wagons, je me fais tout le temps des accrocs, quand je ramasse des grains.

Puis, souriant légèrement :

— Tu n'en ramasses point ?

— Que si... dis-je, honteux.

Et je courus, non pas vers « la maison », non pas « chez maman », mais droit à la taverne de Kir Léonida.

Le patron était maintenant dans la boutique. Fraîchement rasé, coquettement mis, moustache provocatrice, pardessus jeté sur les épaules ; gaillard coureur allant sur sa trentaine, riche de santé, riche d'argent.

Debout devant un verre, il riait bruyamment en compagnie de deux amis. Craignant de l'aborder en présence des autres, j'attendis dehors. Bientôt il sortit, et, m'apercevant :

— C'est toi qui m'as cherché ce matin ?

— Oui, monsieur Léonida.

— Que veux-tu ?

— Je voudrais m'engager chez vous.

— T'engager chez moi ? fit-il, étonné. Et tu viens, comme ça, seul, tout seul ? As-tu déjà servi ?

— Non. Je sors de l'école.

— À plus forte raison : les gamins novices sont amenés par la main. Comment veux-tu que je m'entende avec toi ? N'as-tu pas de parents ?

Kir Léonida — trésor unique de Barba Zanetto
— était né à Braïla, parlait pur roumain et gardait
une hellénique fierté. Quoique enfant, je flairai en
lui l'orgueil du *catzaouni*, et alors à Grec, Grec et
demi ! je lui racontai que j'étais né de mère roumaine, mais que mon père — mort pendant que
j'étais encore au berceau — avait été grec, et je
précisai : *Céphalonite !*

— Je viens à l'insu de ma mère. Je veux servir
chez des Grecs et apprendre la langue.

Que je voulusse apprendre le grec, cela était
tout aussi vrai que j'aimerais aujourd'hui apprendre
toutes les langues de la terre, mais quant à accor-
der quelque priorité à une nation, au détriment
ou à l'humiliation de telle autre, je ne me suis
rendu coupable à aucun moment de ma vie, pas
même dans l'enfance, de pareille mesquinerie : je
suis venu au monde cosmopolite.

Chatouillé au point faible, Kir Léonida se gon-
fla comme un dindon :

— Bien, mon ami, bien : je te recevrai et tu
apprendras la langue de ton père, mais je ne puis
discuter les conditions qu'avec ta maman. Fais-toi
accompagner demain par elle.

À la maison, ma « bonne nouvelle » déchaîna un
torrent de larmes.

— Je t'ai sacrifié ma jeunesse, dans la peine et le veuvage, rien que pour te sauver, toi, des « mains étrangères », et voilà que cela n'a servi à rien ; je ne t'ai point sauvé !... Que le Seigneur ne laisse plus des mamans comme moi sur la terre !...

Le lendemain, dimanche... Funèbre dimanche... Nous allâmes « frapper à la porte de l'étranger ». Mon cœur se débattait comme un oiseau tenu dans la main. Je me croyais sur le point d'être enterré vivant. Ma mère, la face cadavérique, semblait prête à mettre au cercueil.

L'explication, il ne faut pas la chercher uniquement dans l'amour d'une mère pour sa progéniture et dans la passion de cette dernière pour la liberté. Il y avait encore cette terreur qui fait de nous les esclaves de l'opinion, et qu'on nomme « les langues du quartier ».

Les langues du quartier exigent qu'un garçon soit soumis, sage, qu'il reste tranquille là où il a été placé et qu'il ne coure pas d'une place à une autre. Il doit supporter la barbarie de son maître et devenir à son tour maître barbare. C'est cela, l'opinion du quartier, et elle va jusqu'à prétendre que *la gifle du maître fait engraisser la joue du domestique.*

En franchissant le seuil de la taverne de Kir Léonida, nous avions conscience, ma mère et moi, de cette opinion que la banlieue faisait peser sur nos épaules : une fois en place, je devais y rester, coûte que coûte, souffrir tout et ne pas faire honte à ma mère. Celle-ci ne devait pas entendre dire de son fils ce qu'«on» disait de tant d'autres : «Il a encore quitté son patron!»

Ô patrons! Jusqu'à vos esclaves qui vous soutiennent dans votre œuvre d'universel esclavage!

En général, les parents ne se doutent pas de l'agonie infligée à l'âme de l'enfant emmuré, mais celui-ci — être encore exempt de tout préjugé et qui obéit uniquement à ses instincts — sent l'abîme s'ouvrir devant ses premiers pas dans la vie, se révolte et contracte une haine implacable, aussi bien contre son patron que contre sa propre famille.

Tout enfant est un révolutionnaire. Par lui, les lois de la création se renouvellent et foulent aux pieds tout ce que l'homme mûr a édifié contre elles : morale, préjugés, calculs, intérêts mesquins. L'enfant est le commencement et la fin du monde; lui seul comprend la vie parce qu'il s'y conforme, et je ne croirai à un meilleur avenir que le jour où la révolution sera faite sous le signe de l'enfance. Sorti de l'enfance, l'homme devient monstre : il renie la vie, en se dédoublant hypocritement.

L'humanité a-t-elle tiré quelque enseignement de tout ce que la création lui fait entendre depuis des milliers d'années ?

Aujourd'hui, tout comme au moyen âge et dans l'antiquité, aucun corps social constitué ne comprend la vie, nulle législation ne la protège ; l'arbitraire et la sottise règnent plus que jamais.

Créature fragile, toute vibrante d'émotivité, tout assoiffée de vie, l'enfant est encore livré aux brutes humaines, ignorantes et crevant d'égoïsme, qui lui cassent les reins dès qu'il tombe en leur pouvoir. Comment saurait-elle, cette face bestiale, que l'enfant est un début de vie friand de la lumière du jour, du bruissement des arbres, du clapotis des vagues, de la brise caressante, du gazouillement des oiseaux, de la liberté des chiens et des chats qui courent la rue, de la campagne embaumée, de la neige qui le brûle, du soleil qui l'étonne, de l'horizon qui l'intrigue, de l'infini qui l'écrase ? Comment se douterait-il que l'enfance est la plus douce des saisons de la vie, et que l'on peut *seulement* pendant cette saison-là jeter les fondations de cet édifice humain dont l'existence sera précaire dans le bonheur même ? *Fondations qui doivent être faites de bonté et uniquement de bonté*, si l'on ne veut pas que tout l'édifice dégringole dans l'abîme !

Et comment la base de la vie serait-elle de cette trempe, quand la majorité de l'humanité passe son enfance à recevoir des coups et à vivre dans la privation, dans la mortification et dans les assommantes forteresses dressées par les lois ? Qu'y a-t-il d'étonnant à ce que la terre foisonne de voleurs, de criminels, d'escrocs, de maquereaux, de paresseux et d'ennemis de l'ordre, quand votre « ordre », ô maîtres, n'est fondé que sur des cruautés incompatibles avec les lois naturelles ?

Et vous êtes des législateurs — ô ogres de la belle enfance ! ô cabaretiers, épiciers, manufacturiers, grands détenteurs de terres, noires comme votre âme ! — et vous avez des académies, et des chaires de morale, et des Églises qui prêchent la pitié au son de cloches assourdissantes, et des Parlements, et vous ignorez ce que renferme la poitrine d'un enfant, comme vous ignorez tout de cette vie qui pourrait être belle et que vous estropiez.

*

— Alors. Il est à vous, ce fiston, la mère ?

. . . .

Pauvre Kir Léonida. Pauvres, vous, tous les Kir Léonida de nos temps. Comment sauriez-vous ce que c'est qu'une mère et un fiston ? Par quel miracle vous douteriez-vous des mondes qui vibrent dans un rayon de soleil ; des luttes qui se livrent dans un trou de fourmis ; du tumulte des sanglots que maîtrise une âme de mère tourmentée et de l'infini qui germe dans le cœur d'un enfant qu'on embauche ?

. . . .

— Cent francs par an, un complet, une paire de chaussures, un chapeau, une journée libre à Pâques et une autre à Noël.

. . . .

Dix-neuf heures par jour, de peine, de courses, ou de station debout (de six heures du matin jusqu'à une heure après minuit).

Paroles barbares, jurons obscènes, tourments sadiques, gifles sans compter.

Torrent de larmes, tumulte insoupçonné, rêves évanouis.

Envie de fuir.

. . . .

Est-ce bien *tout* ? N'y a-t-il aucune compensation ? Pas une consolation ? Nul œil ami ? Rien qui apaise cette lamentable enfance ?

Mais si ; comment donc !

*

Et d'abord, pas d'injustice : Kir Léonida, lui, était un homme bon. Médiocre, vain, tolérant mille impiétés, mais personnellement bon. De lui, je n'ai encaissé, en seize mois de service, qu'une seule taloche, pas bien lourde, en des circonstances amusantes que je vais narrer tout à l'heure.

Cependant, ce ne sont pas les gifles qui m'ont fait le plus de mal.

Ce fut, pour commencer — et aussitôt après le départ de ma mère, le visage enfoui dans son mouchoir —, ce fut l'infranchissable mur chinois que mon cœur vit s'élever devant la taverne de Kir Léonida, pour me séparer du monde, de la rue, de cette *strada* pleine de chiens et de chats, de ma belle *strada* inondée de lumière, et me laisser là, dans une boutique hostile, le tablier au cou, ce « tablier du maître » qui supprime l'existence.

On nomme la prison, *prison* ; celui qui y est enfermé sait qu'on lui a enlevé sa liberté.

Que doit-il savoir, l'enfant qu'on place au service d'un maître ? Qu'il est là pour servir ? Non. Il doit savoir, il l'apprendra tout seul, qu'en dehors d'une fatigue que les lois épargnent aux adultes mêmes, son droit sacré de partir après journée faite, de sortir dans la rue, de se fondre avec la nuit et avec ses propres pensées, ce droit lui est dénié à lui, le rêveur avide de liberté, à lui, le débutant dans la vie.

Je regardais les travailleurs qui rentraient le soir à leur foyer, un pain sous le bras, écrasés de fatigue, pleins de poussière ou pataugeant dans la boue, et je me disais :

« Moi aussi, je me lève, comme eux, à six heures du matin, et je peine, non jusqu'au soir, mais tard après minuit : n'ai-je pas, moi aussi, le droit de retourner comme eux à la maison, vers mon lit, vers ma mère ? »

Non. Moi, nous, les garçons de cabaret, nous devions dire adieu au tendre foyer maternel, et travailler sans interruption l'équivalent de deux journées « légales » d'aujourd'hui. Et si interruption il y avait parfois, dans l'après-midi ou le soir tard, ce n'était pas un repos bien mérité qui nous attendait, mais l'invincible assoupissement debout, avec son cortège de tortures inquisitoriales.

En dehors de mon noviciat au lavage des vaisselles, la tâche m'incombait de m'initier entre-temps au contenu de deux cents tonneaux de vin, d'eau-de-vie, de liqueurs et même d'huile et de vinaigre ; d'« apprendre la *hrouba* », ce labyrinthe souterrain ; de me familiariser avec les dizaines de qualités de vins et de boissons spiritueuses, afin de les reconnaître plus tard à leur couleur et leur parfum.

Je n'oublierai jamais la sauvagerie du caissier qui me bousculait tout le long des quatre-vingts marches humides et estropiées de la petite cave et de l'immense *hrouba,* alors que je tâtonnais à l'aveugle, craignant à chaque seconde de me casser le cou. Et toutes les fois que j'apercevrai un garçon vêtu d'un tablier, je me souviendrai du procédé inhumain de ce féroce parvenu qui s'imaginait m'« apprendre » quelque chose quand, courant parmi les tonneaux, dans une obscurité complète, il grommelait entre ses dents :

« Les numéros un, deux, cinq, quatorze, trente : vins nouveaux. Les numéros... tel et tel : vins d'une année, de deux, de sept, de dix, de vingt ans. Ces tonneaux-ci font sauter la cannelle à cause de la "pression". Ce vin-ci a "du goût". Cet autre a fait "chemise" ou "fleur". Gare à toi, ou le diable t'emporte ! Maintenant, les couleurs : ici, ce sont les vins blancs ; là, les rouges ; plus loin : ambre, muscat, "vin-absinthe [1] ".

Au dépôt des eaux-de-vie, la même mauvaise foi :

« Kirch, marc, lie, menthe, rhum, cognac ordinaire, cognac fin, ananas, *mastica* ordinaire, *mas-*

---

1. Dans lequel on a macéré des feuilles d'absinthe.

tica de Chio, etc. À tirer seulement quand je te le dirai, moi, mais si je cligne de l'œil, défense de le faire. Ici, des eaux-de-vie anciennes; là, des nouvelles. Malheur à toi, si tu les confonds.

« Et quand je t'envoie dans la *hrouba* ou au dépôt, il faut que tu sois de retour "le temps que met un cheval pour péter". Si le besoin de pisser te surprend en plein travail, serre le robinet. »

Mais ce supplice de l'apprenti cabaretier (je décrirai un jour celui de l'apprenti artisan), cette terreur rachetée à force de gifles et de larmes, peut encore trouver sa justification dans l'esprit obtus d'un monde injuste : « Il en est ainsi jusqu'à ce que le métier entre », prétend ce monde.

Quelle justification, cependant, à l'inutile martyre, au plaisir de tourmenter un enfant qui chancelle de fatigue et de sommeil ?

Dans le tourbillon de l'affaire, alors que je devais tenir tête à l'avalanche des marmites, poêles, assiettes, couteaux, cuillers, fourchettes, la fatigue et le sommeil cédaient au vacarme et à la célérité requise pour arriver à tout satisfaire, si je ne voulais pas être frappé par le chef, par le caissier ou par le fou de Barba Zanetto. Toujours prêt, à n'importe quel moment, à nous jeter une assiette à la tête. Mais l'après-midi ou le soir, dès que tout

rentrait dans le calme, c'était le tour de l'impitoyable assoupissement debout, quand des milliers
d'aiguilles nous fourmillaient dans les artères et
que nos corps, lourds comme du plomb, étaient
près de s'effondrer. Il était permis, alors, à nos
maîtres, d'aller s'allonger quelque part ou de s'asseoir sur une chaise. À nous, un tel repos était
refusé. Nous étions de fer, de bois, de pierre.

« Smirna » ! droits comme des I, nous tenions
les yeux et les oreilles braqués sur le caissier, qui
n'attendait qu'une défaillance, et sur deux ou trois
ivrognes, « piliers de bistrots », qui pouvaient à
tout instant nous mobiliser pour un rien. Et malheur à celui de nous qui commençait à fermer ses
paupières lourdes de sommeil ! Une chiquenaude,
brutale comme une décharge électrique, frappait
promptement le nez du garçon « fautif » et le
réveillait en sursaut, parmi l'hilarité des vauriens
sans pitié. C'était la plus inoffensive farce du
« Manant », ainsi que mes camarades appelaient le
caissier. N'empêche que, plus d'une fois, cette
« plaisanterie » nous fit saigner du nez.

Souvent, lors de nos assoupissements, profitant
de la position d'un bras pétrifié par le sommeil,
au hasard du corps qui s'abandonnait contre
quelque meuble, le misérable nous *faisait la diligence*, c'est-à-dire, nous fixait une bande de papier

entre les doigts et y mettait le feu, ce qui nous
occasionnait de fortes brûlures. Ou bien, nous
voyant fléchir sur les jambes au point de tomber,
il y aidait par un coup brusque appliqué sur les
jarrets. Nous nous écroulions aussitôt. Il y avait
encore le jet du siphon en plein visage et la
fameuse *poudre à gratter,* qu'on nous glissait sur la
nuque et qui nous faisait nous arracher la peau
pendant des heures.

Toutes ces barbaries qui nous brisaient les nerfs
amusaient le «Manant» et ses badauds. Kir Léonida ne voyait rien ou fermait les yeux. Et s'il arrivait qu'un de nous regimbât ou pleurât, alors,
c'était pire : jurons grossiers, gifles, coups de pied,
corvées inutiles pleuvaient sur nous comme la
grêle. Le caissier découvrait soudain qu'il fallait
balayer la *hrouba,* la cour et les dépôts, curer les
latrines, laver les carreaux, ébouillanter des fûts,
soutirer, scier du bois.

C'était notre *Récompense du Travail*[1]. Nous
épuisions notre enfance à servir des bandes de
noceurs gloutons et buveurs ; nous trébuchions
depuis l'aube jusqu'après minuit ; des claques pour
nous réveiller, des claques pour nous expédier au
lit. Il y avait des dimanches et des jours fériés, des

---

1. Décoration roumaine.

gens en fête qui se promenaient *dehors,* qui venaient chez nous pour y banqueter avec des violonistes. Il existait une terre avec du soleil, avec des rivières, des forêts, des joies débordantes ; nous n'existions pour personne, rien n'existait pour nous. Nous étions quelque chose comme le verre dont on se sert pour boire, ou comme la fourchette : qui fait attention à ces objets-là ? Qui se demande ce qu'ils sont devenus, après usage ? Quel œil a le temps de regarder un garçon de taverne ?

Et cependant...

*

Dès le premier jour — alors que je n'étais déjà plus qu'un souillon gémissant sur sa bassine, crasseuse à faire rendre les entrailles — il y eut tout d'abord un porteur d'eau, un *sacadji,* un loqueteux, qui me remarqua tout de suite, en buvant sa « goutte » dix fois quotidienne.

— Tiens ! dit-il, me toisant ; vous avez une recrue ?

Et son regard m'alla droit au cœur, sans que je comprisse pourquoi. Depuis, je m'ennuyais de lui quand il partait ; j'étais content quand il revenait. Et combien j'aurais aimé lui servir, moi-même, son petit verre, si ce n'eût été défendu.

On l'appelait, fort sérieusement, *Moche Caza-toura,* c'est-à-dire : *Père la ruine,* sobriquet peu obligeant pour un homme estimable, serviable, poli, qui ne parlait guère et connaissait un tas de choses. D'ailleurs, on le respectait fort, mais par intérêt. Drôle d'intérêt. Barba Zanetto et Kir Léonida, le comblant de prévenances, disaient de lui qu'il était «le client à la main bonne», celui qui «faisait la meilleure *saftéa*». Et la *saftéa,* c'est-à-dire le premier sou qu'un client jette sur le comptoir le matin, à l'ouverture du magasin, c'est une terrible histoire, en Orient. De cette *saftéa* dépend toute la recette du jour : si l'homme a une «main bonne», tout va bien, sinon, la journée sera languissante. C'est pourquoi on crie, en vers :

«*Saftéa sâ nu mai stéa*», saftéa qui ne s'arrête plus. Que les sous tombent ainsi sans arrêt.

Et le cabaretier prend le sou fétiche, le frotte bien contre sa barbe, le jette bruyamment dans le tiroir, remplit deux verres et trinque avec le client à «bonne saftéa».

— Chance pour tout le monde! crient-ils en chœur.

Moche Cazatoura, arrivant le matin bon premier, était certain de boire un verre à l'œil, mais il n'y faisait point attention. Grave, presque solennel, un peu ridicule dans ses vêtements rapiécés, fouet sur le bras, il demandait d'abord s'il était bien le premier client, et sur réponse affirmative, lançait, avec élan, le sou-*saftéa*. Il y croyait dur comme fer, y tenait beaucoup, et favorisait de sa *saftéa* tous les cabaretiers « comme il faut ».

Parfois — en l'absence de Barba Zanetto, qui manquait fort rarement — Kir Léonida plaisantait le grave *sacadji*, et lui disait, en exagérant la vertu du sou-*saftéa* :

— Écoute, Moche Cazatoura : frotte d'abord la pièce contre ta brayette. On dit que cela porte encore plus de chance au commerce.

— Ma brayette ? *Ça* ne vaut plus la peine, Kir Léonida. Tout est fini.

Ce « tout est fini » revenait souvent dans ses brèves causeries, et sonnait tristement.

Je l'aimais pour cela.

Je l'aimais aussi parce qu'il était affligé : dans sa vie passée de paysan, un coup de corne de vache avait complètement défoncé son nez et altéré le timbre de sa voix, qui était devenue nasale et tendrement navrante. C'est pourquoi il parlait le moins possible. Toujours sur la réserve, toujours prêt à s'écarter au passage de n'importe qui, il se glissait comme une ombre dans la masse de nos exubérants noceurs, pour lesquels il n'était qu'un *sacadji*. Et cependant, j'avais entendu des personnes sérieuses affirmer qu'il avait jadis possédé des biens ruraux et occupé même la fonction de maire de village. Est-ce à ce passé, à cette aisance réelle peut-être, que se rapportait son fréquent « tout est fini » ?

Mais ce qui m'allait, surtout, au cœur, c'était l'amour de ce *sacadji* pour sa bête, une pauvre vieille jument aux yeux entièrement recouverts d'une épaisse cataracte. (J'ai toujours eu envie de poignarder les barbares voituriers de Braïla qui maltraitaient leurs bêtes ; et, dans mon adolescence, je me serais volontiers fait agent de police rien que pour envoyer au cachot tous ceux — et ils étaient nombreux — qui battaient les chevaux, ou les oubliaient debout devant les cabarets.)

— Elle est en ruine comme moi, nous disait Père la ruine, et aveugle par-dessus le marché. Je l'ai achetée vingt francs. Je n'en vaux pas davantage. Mais, nous nous aimons bien, ma vieille et moi.

Cela se voyait. Il ne montait sur son tonneau qu'à vide et seulement quand il était pressé. Les trois quarts du temps, il conduisait sa jument par la bride, au pas. En s'arrêtant, pour remplir et pour vider le tonneau, ou pour boire un verre, il ne manquait jamais de lui passer la musette d'avoine, de la couvrir, de lui frotter les yeux et de lui étirer les oreilles, ce qui détend la bête.

Celle-ci, joyeuse, heureuse de se sentir gâtée dans
sa vieillesse, après avoir été longtemps martyrisée,
mordillait son maître, comme un chien, s'essuyait
les yeux contre ses épaules et le recherchait longuement de son regard affreux. Parfois, elle hen-
nissait même, s'ennuyant de lui.

— Je viens, me voilà! répondait tendrement
Moche Cazatoura.

Heureuse jument de *sacadji*! Quelle devait être
sa reconnaissance pour son maître, elle seule aurait
pu nous le dire, elle qui pensait sûrement à ses
nobles congénères montés par des haïdoucs, dont
parle cette chanson populaire que peut encore
écouter l'Occident endurci :

— « *Mon rouan, mon petit cheval,*
Pourquoi souffles-tu si péniblement ?
Est-ce mon corps qui te pèse tant ? »
— « *Ce n'est pas ton corps qui me pèse,*
Mais bien ton vice invétéré :
Il n'y a pas de bistrot sur ton chemin
Devant lequel tu ne t'arrêtes !
Tu bois avec tes amoureuses,
Pendant que moi je ronge le mors !
Tu les caresses dans le lit,
Pendant que moi je reste attaché à la palissade ! »

Et c'est de cet homme que me vint le premier
mot consolateur. Il me voyait souvent pleurer, les
joues fraîchement calottées par le Manant. Un
jour, où nous nous trouvions un moment seuls, il
me dit, en me caressant la tête :

— Ne désespère pas. Tu n'es qu'un enfant.
Toute la vie est devant toi. Pars, si tu as le cœur
gros, va ailleurs, change, cours la terre. Mais
espère toujours le mieux. Tu le peux encore.
Quand on ne le peut plus, alors, *tout est fini.*

« Regarde-moi : je n'ai pas été toujours un
sacadji. J'ai été moi aussi un homme, autrefois. J'ai
donné des conseils à mes semblables, pour ne pas
dire des ordres, et ils m'estimaient, tous, du plus
petit au plus grand. Alors, tout allait bien. Mais
un jour, une pauvre bête malade m'a frappé et m'a
rendu hideux, aux yeux des autres comme aux
miens. De ce jour-là, mon cœur s'est gâté, je n'ai
plus eu envie de rien et tout a été fini !... Méfie-
toi du désespoir. Tu n'es qu'un enfant. »

*

Ce fut une douce éclaircie, la première. La
seconde la suivit bientôt.

En suppléant, pendant trois jours, le garçon
qui prenait les commandes et faisait les livraisons

dans le quartier, j'eus la joie de revoir un peu la rue lumineuse, la ville, le monde dont on m'avait séparé, et de tomber sur une âme passionnée qui me combla de caresses. C'est un souvenir fort embrouillé, presque irréel, un mélange de rêve et de voluptueuse certitude, comme un désir violent.

Dans une cour ensoleillée et tapissée d'une épaisse couche de feuilles mortes, des femmes grecques bavardaient mollement, chattes méridionales alanguies par la générosité d'un bel automne. Une d'elles, grande, jeune, très bien faite et fort joviale, se leva, à mon approche, et s'écria :

— Ah! te voilà. C'est toi le petit *Céphalonite* malheureux de chez Kir Léonida? Eh bien! je vais te consoler, moi. Je suis également une Céphalonite. Viens que je t'embrasse.

Et sans plus, elle m'enlaça, me serra, me fit asseoir sur ses genoux et me couvrit de baisers qui me brûlèrent le visage et me firent tourner la tête. Les autres femmes vinrent me questionner toutes à la fois :

— Qui était ton père? De quel pays? Quel métier? Quel âge? Quand est-il mort? De quelle maladie?

J'entendais, à moitié endormi. Je ne sus rien

répondre. J'étais engourdi, halluciné. Sous mes yeux mi-clos, je voyais plusieurs mains qui serraient les miennes, mais celles de la *Céphalonite*, glissant sur mes joues, m'étourdissaient. Je respirais à peine.

Cette première journée de lumière et de bonheur inconnu, je la payai chèrement, car j'embrouillai les commandes et me fis copieusement rosser par le Manant.

Le lendemain, mêmes caresses, même torpeur, même hallucination. Encore plus de gaffes et plus de gifles, mais cela ne me faisait absolument rien : on frappait un somnambule. J'étais heureux.

Je le fus un troisième jour, et m'abandonnai à ma béatitude sans me soucier de rien. Et ce fut tout :

— Ce garçon est idiot, s'écria le caissier.

Et la trappe retomba sur moi. Je ne devais plus revoir la rue, pendant de longs mois, que du seuil de la boutique. Je vécus de rêves. Chants, beuveries, gueuletons formidables, nuits blanches, cent courses par jour à la cave, montagnes de vaisselle crasseuse. Tout cela devenait habitude, m'abrutissait.

Je me souviens d'une gaillardise grecque, chantée et dansée pendant ces jours d'heureuse tristesse. Les Grecs s'appelant en majorité Yani, tous

les Yani présents se donnaient la main et dansaient
une ronde folle, en chantant ces premières paroles
grecques enregistrées par ma mémoire :

> *Saranda pente Yannidès*
> *énos kokkorou gnosi.*
> *Ki'éna poulaki takoussé*
> *pighé na palavossi.*

Ce qui veut dire : quarante-cinq Jean possèdent
à peine le cerveau d'un coq. Un petit oiseau qui a
appris cela a failli devenir fou de surprise !

Tout le monde riait. J'osais rire, moi aussi, avec
les autres, et me faisais battre.

C'est encore l'étourdissement provoqué par le
souvenir des caresses de la *Céphalonite* qui me
valut la gifle de Kir Léonida.

Un soir, je finissais de servir un jeune élégant qui
avait choisi, pour dîner, une des chambres séparées
ouvrant sur la cour. Cela parut bizarre au patron :

— Fais attention ! Le gars peut filer par la porte
du jardin sans payer sa note ! me dit-il.

Il me l'avait dit, oui, mais moi, je pensais à la
belle *Céphalonite*, et le « monsieur du séparé » me
joua le tour : après avoir bien mangé, bien bu,
demandé des cigarettes et l'addition, il voulut
aussi quelques sous en poche. Cela nous perdit

tous les deux. La somme à payer était de trois francs et quelques centimes.

— Apporte-moi la monnaie de cinq francs ! fit-il gravement, sans me donner sa pièce.

J'allai trouver Kir Léonida, qui ricana dans sa barbe et me donna l'argent, mais se mit aux aguets. Je ne me doutais de rien. J'étais occupé ailleurs.

— Cours vite me chercher un timbre, cria le farceur, lorsque je lui eus remis la monnaie.

Je courus, bien entendu, mais, dans l'ombre noire de la cour, je tombai droit dans la claque de Kir Léonida.

Ah ! les clients rassemblés pour assister à cette « représentation » ont bien ri ce soir-là ; et si j'ai pleuré de rage d'avoir été battu par mon patron, le « beau monsieur » n'a pas eu les rieurs de son côté non plus.

Après les *hou* et les coups de pied dans le derrière du type, Kir Léonida me secoua fort :

— Serais-tu amoureux, par hasard ? s'écria-t-il.

Alors, je vis un homme, un seul, sortir d'entre tous ceux qui étaient là, et mettant la main sur l'épaule du patron, lui dire :

— Léonida, il ne faut pas faire comme ton caissier.

Cet homme était « Capitaine » Mavromati, dont voici l'histoire :

II

CAPITAINE MAVROMATI

Après mes premières semaines de lamentations
et d'angoisse, je remarquai qu'un homme — que
je pris d'abord pour un client — entrait au cabaret dès l'ouverture et ne le quittait plus qu'à
minuit. Pendant cet interminable temps, long de
dix-huit heures, il se tenait coi sur une chaise à lui,
placée à l'écart, se levait parfois pour ramasser
quelque service traînant sur les tables, ou pour
plier une nappe, raviver la braise du gril, donner
un coup de balai par-ci, par-là. Il faisait tout cela
avec lenteur. Distraitement, comme un passe-
temps, et regagnait vivement sa chaise dès qu'une
terrible toux, dont il semblait souffrir, le surpre-
nait au milieu de ses complaisantes besognes.

C'était un homme d'âge avancé, sans toutefois
qu'il en eût l'apparence, peut-être parce qu'il se
prodiguait des soins presque galants. N'empêche ;
sa détresse sautait aux yeux : paletot râpé, chaussures et pantalon grossièrement rapiécés, foulard
miséreux cachant l'absence de faux col. Mais sa

casquette, une belle casquette de marin grec, qu'il portait fièrement, le réhabilitait malgré tout et le rendait imposant en dépit de sa mine fripée. Il avait pour elle des égards infinis, la dorlotait avec amour et la rangeait prudemment toutes les fois que nous procédions aux nettoyages. Cette fière casquette, ainsi que la moustache et la barbe, grises, belles, soigneusement peignées, étaient sa préoccupation de chaque minute, le centre de sa vie. Le reste, il ne le voyait pas et obligeait, par son attitude, à n'y point faire attention. Sous les sourcils broussailleux, un regard de feu scrutait constamment le lointain !

Je n'avais jamais vu son pareil. Et ce qui se passait avec lui était si nouveau pour moi, que je ne le lâchais plus des yeux.

Au début, à juger de ses rapports avec mes patrons, je le pris pour un parent respectable. En effet, Barba Zanetto ne manquait pas un seul matin, en arrivant, d'aller droit à lui avec une aimable courtoisie, de lui serrer la main et de lui dire : « Bonjour », au pluriel :

— *Kalimérassass*, Capitaine Mavromati !

Et aussitôt, face à face, cigarette dans une main, café turc dans l'autre, ils se livraient à un galimatias passionné qui durait une heure et auquel je ne

comprenais goutte. Je me disais, à voir le bonhomme s'enflammer comme un palikare :

— Il a été *capitaine* de navire... Et s'appelle
Mavromati... Qu'a-t-il donc fait pour tomber si
bas, le pauvre ?

Mais bientôt je m'aperçus que la taverne de Kir
Léonida était uniquement pleine de « capitaines »
au long cours : « Capitaine Valsamis », « Capitaine
Papas », « Capitaine Smirniotis », toujours et partout des capitaines. Rarement deux clients se donnaient la main sans s'intituler « capitaine ». Je
m'étonnais de tant d'officiers dans l'auberge de
Kir Léonida et je m'obstinais à y découvrir aussi
des matelots, mais en vain.

Plus tard je compris que pour avoir droit au
titre de « capitaine » dans le *Karakioï* de Braïla, il
n'est nullement nécessaire de commander un
bateau, ni un remorqueur, pas même un caïque
ou un chaland, mais qu'il suffit de régner simplement sur une barque : tout Grec qui vit sur l'eau
est *capitaine*.

Ces capitaines, hâbleurs, dépensiers, patelins, se
reconnaissaient admirablement entre eux, et
savaient s'estimer autant que se mépriser. Les vrais
commandants de navires qui nous visitaient à de
longs intervalles étaient peu loquaces et sobres de
gestes. Pour s'amuser en toute discrétion, ils s'en-

fermaient dans l'arrière-boutique réservée aux intimes d'élite. Et quand la ribambelle de capitaines-choucroute les découvrait et les assaillait de questions « professionnelles », un sourire moqueur flottait sur leur visage cuivré, cependant qu'ils posaient un regard aimable et obligeant sur le « collègue » débiteur d'enthousiastes niaiseries.

Bien avant d'apprendre leur langue et de savoir ce qu'ils disaient, j'étais arrivé à les distinguer, rien qu'à la façon dont ils se comportaient les uns envers les autres. Aux authentiques, il était pénible d'écouter, même quand les *barcadjis* les rasaient avec des « capitaine » par-ci, « capitaine » par-là, et ils n'attendaient qu'une occasion pour se débarrasser promptement des raseurs.

Par contre, je ne les avais jamais vus se moquer du Capitaine Mavromati, si inexplicable que cela pût paraître à mes yeux. Ils lui serraient la main avec empressement, l'appelaient *capitaine* en toute sincérité, et l'invitaient à leur table. Dans ces moments-là, le vieux était beau à voir. Avec ces gens, Mavromati parlait haut, d'égal à égal, puis, brusquement, il se dressait comme un justicier, fulminait, blasphémait, gesticulait, rouge de colère, mais cela finissait toujours par des accès de toux étouffants et, claquant la porte, il accourait précipitamment à sa chaise, haletant, brisé. Je ne saisissais pas la cause de cette crise. Ses yeux noirs lançaient feu et flammes. Sa barbe tremblait. Et juste en de tels instants — comme pour soulager leur propre humiliation — intervenait la pléthore des bateliers qui n'avaient jamais vu la mer et le raillaient cruellement :

— Encore ! *Ti iné moré ?* (Qu'est-ce qu'il y a ?) Ces méchants *capitanios* ! Ils t'ont noyé le *vapori* !

Réduit à la mendicité, Mavromati leur restait quand même supérieur et les gênait. À moi, ce coup de pied de l'âne me faisait très mal, mais le vieux n'y prenait pas garde. La tête entre les mains, il toussait jusqu'à épuisement de la crise, puis, se levait dignement, ajustait sa casquette, peignait moustache et barbe, et commençait d'arpenter la boutique, les mains au dos, le nez au vent, le front bien haut, comme un capitaine sur sa passerelle.

Le chef lui servait les plats qu'il désignait du doigt, et le caissier sa bouteille de vin. Mavromati mangeait et buvait dans son coin, tout seul, comme un parent pauvre. C'était une humiliation, mais pas pour lui : totalement absent, il regardait dans la rue, dans le vide, comme s'il se fût trouvé en pleine mer.

Je ne lui vis jamais sortir un sou de sa poche, ni en mettre davantage.

Je n'y comprenais rien.

*

Un mois environ après mon engagement, je commençai à voir clair. Le Manant haïssait à mort le pauvre Mavromati et nous excitait, nous aussi, contre lui. Il prétendait que le capitaine était l'œil du patron, que celui-ci le nourrissait pour nous espionner.

— M'espionner, *moi*? me disais-je. Et que rapporterait-il sur mon compte? Que je fais la vaisselle, cours à la cave, tombe de fatigue et suis battu?

Il voulait, ce lâche, lui rendre la vie impossible et le chasser, non pas directement, mais en se servant de nos mains.

Je n'entrai pas dans la conjuration. D'ailleurs, aucune camaraderie ne me liait au caissier, pas plus qu'à mes deux collègues. Ils étaient, tous trois, de la même espèce bassement humaine, se mouchardaient entre eux, pour complaire au plus fort, et me mouchardaient.

Ma faute, mon point vulnérable, c'était que je lisais en cachette et confectionnais des fiches couvertes de mots grecs (exactement le même système de fiches que je devais reprendre vingt ans plus tard, en Suisse, pour apprendre le français).

Par les après-midi paisibles, quand je n'avais ni
tables, ni planchers à récurer, à l'heure où les
mouches bourdonnent et le vin s'évente dans les
pots ; quand le Manant filait vers son amoureuse
et que mes compagnons de misère s'ingéniaient à
flanquer du poivre dans la tabatière du Capitaine
assoupi, je me flanquais, moi, dans le crâne, des
dizaines de mots grecs et de voluptueuses nouvelles parvenues par la voie du journal quotidien,
que je prenais pour la première fois dans mes
mains. Je faisais connaissance avec une langue qui
m'attirait irrésistiblement, la langue de mon père,
et je découvrais un monde, grâce à une feuille
miraculeuse, pliée en deux, qui savait tout : elle
m'apprenait que mon pays était gouverné par des
ministres ; qu'il y avait des députés qui faisaient
des lois et se disputaient tout comme nos *barcadjis* ; qu'un certain Filipesco avait tué au sabre son
adversaire Lahovary ; que les Grecs se battaient
avec les Turcs, les Boers avec les Anglais, et les
Espagnols avec les Américains ; qu'il existait une
« affaire Dreyfus », et que dans cette affaire, un
romancier qui s'appelait Zola avait mis la France
en feu. J'apprenais que sur toute la terre des
hommes s'entre-tuaient ou se suicidaient à force
de misères ou de passions. Et j'apprenais surtout
que je ne connaissais pas ma langue ! Il y avait un

tas de mots que j'ignorais totalement, faute de les avoir jamais entendu prononcer ou vus dans mes livres d'école.

Cette révélation m'exaspéra : comment se pouvait-il que je ne comprisse pas un texte roumain ? Que faire ? À qui le demander ?

J'en appelais souvent à Mavromati pour me traduire, tant bien que mal, des mots grecs que j'attrapais au vol autour de moi, mais, lui demander de m'apprendre ma langue maternelle, cela me semblait une honte : c'était lui l'étranger, et moi l'indigène, fraîchement sorti de l'école !

Et il n'y avait près de moi nul être à qui demander pareil service. Grecs ou Roumains, les clients de Kir Léonida se présentaient à mes yeux comme un monde sans cœur, avide de bonne chère, indifférent à nos souffrances. Ces gens étaient mes ennemis. J'étais heureux lorsqu'ils ne venaient pas et je les aurais volontiers envoyés à tous les diables, car rares étaient ceux qui faisaient attention à un pauvre diable tenu debout depuis l'aube jusqu'à minuit.

Seul, en permanence près de moi, Capitaine Mavromati m'entendait souvent geindre. M'ayant toujours vu respectueux à son égard, il s'intéressa à moi :

— *Ti fait mal li zambes, moré Panagaki! Ah!
Kaïméni psychi-mou! Li mondo este ouna varvaria!*

Peu de sentiments qui remuent l'âme autant
que la compassion. Les tourments houleux que je
devinai dans le cœur de l'ancien commandant de
navire réveillèrent en moi la pitié et imposèrent
silence à mes propres gémissements.

La vie de plongeur aux mains crevassées, de
caviste aux jambes rompues; l'impossible vie du
garçon de cabaret qui est obligé à toutes les peines
et qui encaisse toutes les brutalités, cette vie de
reclus commença à me devenir supportable. Je
tournai mes yeux et les battements de mon cœur
vers celui que toute la racaille appelait *le pilier du
bistrot* et *l'œil du patron*.

Et alors que mes camarades de misère, suivant
l'exemple du caissier, lui brûlaient les mains avec
la *diligence*, lui faisaient priser du poivre, lui ver-
saient de l'eau dans les poches ou le saupoudraient
de *poudre à démangeaison*, moi, le plus faible de
tous, je prenais ouvertement la défense du vaincu
outragé, je l'avertissais de toutes les farces qu'on
tramait contre lui, je me disputais avec les autres
garçons et me faisais battre par le Manant. Ainsi,
nous formâmes deux camps opposés et inégaux.
Le caissier fut moins sévère pour ses flatteurs, et,
à moi, il me promit de tout faire pour que je fusse

mis à la porte. Roumains pur sang tous les trois, ils m'appelèrent le *Catzaouni* (grec, en mauvais sens). Et au lieu de nous reposer les os, quand nous restions seuls, mes propres collègues se tenaient prêts maintenant à la bataille. Parfois même, nous nous battions.

Mais le combat est signe de vitalité, pour qui y prend goût. Combattre pour une idée, combattre pour un sentiment, pour une passion ou pour une folie, mais croire en quelque chose et combattre, voilà la vie. Qui ne sent pas la nécessité du combat ne vit pas, mais végète.

Au début, j'avais moi aussi végété. Anéanti pendant quelques semaines par le vide que la suppression de ma liberté avait creusé dans mon cœur, je n'avais fait que languir et songer à disparaître parmi la horde des balayeurs de wagons, à vivre librement avec ce troupeau d'enfants sans Dieu et sans foyer. Mais, dès que je voulais mettre ce plan à exécution, m'apparaissait la sainte figure de ma mère, qui serait morte de chagrin à me voir tomber dans la lie de l'enfance vagabonde. Et je renonçais à mes projets.

Ce tumulte, s'il avait continué, m'eût sûrement poussé à quelque geste désespéré.

Mais voilà qu'un journal qui traîne partout me tombe sous la main et me raconte des faits insoup-

çonnés. Ma soif de connaissances boit les nouvelles avec avidité. Les néologismes me donnent
du fil à retordre. En même temps, les premiers
débris de conversation grecque bourdonnent clai-
rement à mes oreilles. Je les mets sur papier. Le
désir d'en composer des phrases me fait regarder
longuement dans les yeux pleins d'horizon du
Capitaine Mavromati, le pilier de l'auberge.

Alors je m'aperçus que ce pilier n'était qu'une
loque humaine frappée par l'homme que je détes-
tais le plus au monde : le caissier. La révolte m'em-
brasa. Mavromati, bon et paisible, souffrait en
silence les vexations de toutes les fripouilles. Pourquoi lui en voulait-il, ce Manant ? En quoi consis-
tait l'espionnage du vieux ? Tout le monde savait
que le caissier entretenait, à la barbe de Kir Léonida, une maîtresse qu'on appelait « la boulangère », près de laquelle on le voyait à tous ses
moments libres.

Ne se passait-il pas des choses malpropres avec
cette femme ?

Je me mis à guetter et je le surpris, la nuit, char-
riant chez elle des vins vieux et des liqueurs chères,
des rôtis, des poulets, des œufs, et d'autres choses
encore.

Maintenant, je le tenais ! Il voulait me faire
mettre à la porte. Moi, je prenais le goût de res-

ter. J'oubliai tous mes ennuis. Un champ d'activité agréable s'ouvrait devant moi : désir de vengeance, soif de lire, occasion d'apprendre une langue étrangère, besoin d'aimer un homme encore plus malheureux que moi.

Je me réveillai comme d'un cauchemar. La vie commença d'avoir un sens. Et d'un jour à l'autre, l'aspect de la taverne changea !

*

— Capitaine Mavromati, qu'est-ce que cela pourrait bien vouloir dire : *intrinsèque?* demandai-je un après-midi, en lui montrant le journal.

— *Zé né sais moi non plis, moré. Ma ézista oun « vivlio » qui sait touta la lingua roumana.*

Qu'est-ce que c'est que cette « bible » qui renferme « toute la langue roumaine », me disais-je, intrigué, les jours suivants, quand, à ma grande stupéfaction, le capitaine apparut un matin avec le livre sous le bras et me le mit entre les mains :

— *Oriste, Panaïotaki ! Zé té la fais cadeau : ça connaît davantaze qué lo dascalos lé plis « spoudevménos »* (érudit).

Je pris la « bible » et lus : *Dictionar Universal al Limbei Romane,* de Lazar Seineanu (ce Seineanu qui, à côté de H. Tiktin et du Dr Gaster, est un des trois professeurs juifs auxquels la Roumanie doit les bases de sa philologie : tous les trois, actuellement, expatriés malgré eux ; tous les trois continuant encore aujourd'hui — le premier à Paris, le second à Berlin, le troisième à Londres — à piocher glorieusement le sol inestimable et inconnu jusqu'à eux de notre folklore national qu'ils révèlent à la science mondiale).

Je ne compris pas tout de suite ce que voulaient dire les mots *Dictionnaire Universel* ; mais en feuilletant au hasard, je sentis mes joues s'empourprer de plaisir : termes scientifiques et néologismes que j'avais rencontrés dans les journaux et sur lesquels je passais navré, je les trouvais ici rendus à ma compréhension. Les quelques expressions qui s'éclairèrent aussitôt pour moi mirent en branle mon intelligence, m'apportèrent du soulagement au cerveau et de la joie au cœur.

Nous étions seuls. Le Capitaine me regardait, le visage épanoui. Muet de bonheur, je pris sa main droite et la baisai avec une filiale reconnaissance, puis je courus à mon lit et cachai le volume sous l'oreiller, parmi le linge.

Dorénavant, la sainte « bible » de mon adolescence — le livre d'heures que je n'ai plus lâché dix ans durant et que j'ai sauvé de toutes les catastrophes — devait m'accompagner sur tous mes sanglants chemins et devenir, souvent, dans une existence d'enfant tourmenté, mon unique source de bonheur spirituel. Que de fois, grelottant dans mon lit pendant des heures, je dus affronter le froid et me lever pour chercher mon dictionnaire où je l'avais laissé par négligence ; il ne m'était plus possible de passer sur un mot au sens obscur pour moi !

Plus de cafard ! Chez Kir Léonida, aucune fatigue, aucune brutalité, aucune pensée noire ; rien ne devait plus vaincre ma décision de travailler et de supporter la vie. Un homme brisé venait de me mettre entre les mains un trésor : chaque page contenait un monde de connaissances ; chaque mot m'ouvrait des horizons dont je ne me doutais guère. Et puis, cette merveilleuse découverte que je venais de faire tout seul de l'arrangement des mots classés par ordre strictement alphabétique et qui suscita en moi l'ambition de tomber d'un coup, sans tâtonnements, à l'endroit précis où se trouvait le mot que je cherchais ! Souvent, les surprises que me révélait ma « bible » étaient plus fortes que le besoin de trouver un mot, et alors, j'oubliais complètement le mot, et ma lecture, et la taverne avec ses infamies, et le temps qui m'était mesuré au compte-gouttes, et je glissais, dans un enchaînement passionné, d'une

page à l'autre, d'une science à une autre science,
d'une philosophie à une autre philosophie, d'un
événement historique connu à moitié à un autre
que j'ignorais totalement, d'une biographie qui
m'ébahissait à une autre qui m'arrachait des
larmes, sans cesse renvoyé du début du volume à
la fin et du milieu aux extrémités. Rognant sur
mes heures de sommeil, pendant que mes camarades ronflaient dans leurs lits, je me bourrais de
voluptueuses connaissances, une bougie allumée
sous un parapluie ouvert que je couvrais encore
avec mes hardes, pour plus de prudence. Recro-
quevillé, le nez devant la petite flamme fumeuse,
je changeais d'univers toutes les minutes, jusqu'à
ce que la porte s'ouvrît en coup de vent, et que le
Manant, me bourrant de grands coups de poing,
démolît ma laborieuse installation et me ramenât
à terre :

— Putain la mère qui t'a mis au monde! Dors,
nom de Dieu! Dors, car demain il faut travailler!

Mais ça m'était égal! Les coups ne me faisaient
plus peur. Je n'avais qu'un souci : cacher vite ma
« bible »! Je m'endormais, la tête sur mon dictionnaire, comme autrefois sur les genoux de ma
mère. Et le lendemain, je recommençais, bou-
chant la fenêtre le plus soigneusement possible.

Cette joie sans bornes eut un effet physique

immédiat : j'engraissai! Mes muscles se firent de
pierre, mes joues crevèrent de sang. Je mangeais
et buvais ferme. Vaisselle, services, marmites,
tables, planchers, portes, fenêtres, me devinrent
manière de jeu. Mes petits adversaires, que je ne
haïssais point, d'ailleurs, ne purent plus me tenir
tête, ni à la dispute ni aux coups. Bien mieux, un
jour furieux que le Manant m'eut fait choir d'un
croc-en-jambe, je le cognai en pleine poitrine avec
la ramassoire que je tenais à la main, et courus me
plaindre à Kir Léonida, qui me donna gain de
cause. Ainsi, je commençai à jouer des coudes et
à me faire de la place.

D'autre part, ma mère, me voyant fort et
joyeux, en fut heureuse. Elle venait chaque samedi
soir pour m'apporter du linge de rechange et restait, avec la permission du patron, une heure à
causer avec moi. Parfois, elle découvrait un bleu
sur mon visage ; la pauvre mère s'en épouvantait
comme si j'allais mourir.

— Qui t'a frappé de la sorte ? Est-ce qu'ils te
battent, ici ?

— Mais non, maman ! Je me suis heurté dans
la cave, en descendant sans bougie !

Et j'en appelais au témoignage du Capitaine
Mavromati, dont je lui avais parlé avec enthou-
siasme. Ma mère, après huit années de vie com-

mune avec mon père, parlait très bien le grec, et, les derniers temps, ne manquait jamais d'inviter le Capitaine à nos entretiens, de le remercier de la sympathie dont il m'entourait et de causer longuement avec lui.

Chose bizarre : en conversant avec ma mère, Mavromati s'échauffait comme lorsqu'il parlait avec les commandants de navire ; on eût dit qu'il maudissait vraiment quelqu'un. Désireux de le savoir, je me mêlais dans leur entretien.

— Qu'est-ce qu'il a le Capitaine, maman ? Contre qui se met-il en colère ? Pourquoi ?

— Eh ! mon petit. Ce sont des histoires de grandes personnes ! Des misères humaines ! Il me raconte l'homme qu'il fut jadis : son foyer, sa femme, son bateau. Et ce sont ses amis, paraît-il, qui l'ont mis dans cet état-là.

— Oui, *moré pédaki !* criait-il alors, les yeux pleins de haine : *Zé n'ai pas touzours été oun pouillosso, commé auzourdi ! Vingti ani zé été capitanios sur ma vaporia ! Et les amis m'a pris mon femme et vaporia et touto et m'a laissé avec la semiza ! Ah ! afilotimi ! pézévenghis ! Khrima moré Khrima !*

Et se levant, blême, tremblant, il se promenait par toute la chambre, jusqu'au moment où sa toux violente mettait fin à ses crises de colère.

Ma mère partait alors en hochant la tête. Son départ me laissait toujours mélancolique, surtout après un de ces accès où Mavromati me laissait entrevoir les aspects de son mystérieux passé. Je retrouvais ma peine et mes plaisirs défendus. Il reprenait sa place sur la chaise et le calvaire de ses tourments inconnus.

Et les mois passaient... La Noël m'apporta un jour de liberté — avec un foyer tiède et douillet, avec des plats préparés par ma mère et des caresses prodiguées par elle — une journée brève comme la chute lumineuse d'une étoile filante dans les nuits d'été.

Au Capitaine, l'hiver apporta des souffrances longues comme les tortures de l'inquisition : taverne étouffante, hermétiquement fermée contre la bise et pleine de désœuvrés qui le tourmentaient à tour de rôle, en usant de tous les vieux moyens, et d'une invention nouvelle de l'impitoyable Manant : c'était le terrible supplice du piment rouge qu'on brûlait sur le fourneau et dont la fumée asphyxiante nous expulsait tous sous les rafales de neige. Les malfaiteurs eux-mêmes toussaient en ricanant. Le bon Mavromati crachait ses poumons.

Cette dernière ignominie, le caissier devait me la payer cher, mais mon heure n'avait pas encore sonné.

*

Il semble incroyable qu'un serviteur — fût-il caissier tout-puissant — mais non moins un serviteur pris, par nous, la main dans le sac et soupçonné par tout le quartier et par le patron même — puisse terroriser à son aise quelques enfants subalternes et un vieillard malade, sans qu'aucune de ses victimes ait le courage de le dénoncer. Et cependant, il en est ainsi : une autorité instituée revêt un pouvoir sans limites aux yeux des faibles, qui s'y soumettent et la supportent. De là l'inconcevable patience des peuples devant les forfaits de leurs tyrans : ce n'est pas quelque prétendue valeur morale des oppresseurs qui leur donne la force de maîtriser le monde, mais simplement la lâcheté des opprimés.

Dans la taverne de Kir Léonida, la situation était la même. Notre véritable maître était le caissier, brute campagnarde analogue à ces caporaux qui, à la caserne, assomment de coups leurs frères, dès qu'ils voient deux galons de laine sur leur propre tunique.

À cette époque-là, Kir Léonida venait de monter, à quelques pas de l'auberge, une fabrique de limonade et d'eaux gazeuses. Et dans le quartier encore, des maçons et d'autres artisans travaillaient à son compte pour remettre debout des immeubles tombés en ruine. Tous ces travaux marchaient mal : à la fabrique, les machines fonctionnaient défectueusement, blessant les ouvriers et causant des dégâts ; aux immeubles, des hommes sans spécialité, sans guide et mal payés, modifiaient le lendemain ce qu'ils avaient construit la veille. Kir Léonida et Barba Zanetto, affolés, faisaient la navette entre les tristes entreprises.

Aubaine pour le Manant, qui trônait sur la taverne comme un pacha, volait gros, entretenait maîtresse et martyrisait les faibles, pour se venger de la servitude millénaire qu'il portait dans le sang, en attendant le jour où, magot arrondi, il ouvrirait à son tour une auberge encore plus belle que celle où il *avait servi avec foi et honnêteté pendant de longues années* !

Mais voilà... Il arrive parfois que juste au moment où l'on dit : *ça y est!* ça n'y est pas du tout. Cet accident devait arriver malgré nous à celui qui rendait la vie dure à un vieil asthmatique et à des enfants innocents.

Le Capitaine connaissait Demètre le caissier depuis le jour où son père l'avait amené par la main et présenté à Barba Zanetto, douze ans auparavant. Il l'avait vu arriver, morveux, renfrogné,

vêtu de loques, chaussé de sandales, sournois dont
il fallait empoigner le menton et soulever la tête
pour voir la couleur de ses yeux constamment
fixés sur le sol. Et ce fut ce même Capitaine
Mavromati qui le réchauffa de sa protection, lui
apprit la façon de se servir d'une fourchette, le
défendit contre d'autres Manants et lui apprit la
langue grecque qu'il parlait encore aujourd'hui
comme une vache espagnole.

Depuis, cet éternel *Dinu Paturica* de l'arrivisme
universel suivit d'instinct la voie que le grand écri-
vain roumain Nicolaï Filimon a tracée d'une
façon définitive et immortelle à son prototype d'il
y a un siècle : il lécha la main qu'il ne pouvait
mordre et se rendit indispensable, puis, se débar-
rassant de toute timidité, leva la tête pour regarder le monde avec ses yeux de vipère et se mit à
démolir tous ceux qu'il tenait pour des obstacles
sur son chemin vers la fortune. De bienfaiteur,
Capitaine Mavromati devint, pour lui, « l'œil du
patron » ; et les gamins qu'il soupçonnait de vouloir s'éterniser dans l'auberge, et d'apprendre le
grec pour le supplanter, furent considérés comme
des rivaux qu'il fallait écarter avant de leur laisser
prendre racine : aucun ne put rester plus d'une
année chez Kir Léonida.

De cette façon, Barba Zanetto, puis son fils,

durent bon gré mal gré conserver le seul domestique qui connût les clients, les boissons, les habitudes de la maison et la langue grecque, celle-ci absolument indispensable dans le quartier.

Avec moi, le règne du Manant devait être ébranlé dans ses fondations.

Six mois après mon engagement, grâce à l'amabilité du Capitaine et à mon application, je savais le grec bien mieux que notre tyran, ce qui le jeta dans les fureurs les plus ridicules. Immédiatement, je fus entouré de la sympathie de tous les clients sérieux, qui me parlèrent uniquement grec et exigèrent du patron que je les servisse moi-même. Kir Léonida y consentit de bon cœur, me fit sortir de la vaisselle et me passa au restaurant. Adieu potasse brûlante et mains crevassées! Adieu, en partie, *hrouba* impitoyable avec tes quatre-vingts marches!

Proprement mis, tablier blanc comme neige, coquettement peigné, je devais répondre avec une voix de stentor :

— *Amessoss! érhété! oristé Kyrié!* à tous nos clients grecs qui appelaient bruyamment en frappant tables et assiettes.

Je devais surtout montrer les capacités nécessaires : mémoire, prudence, adresse, célérité, circonspection. Je m'y appliquais de mon mieux et parvenais à contenter tout le monde, sauf, bien entendu, le Manant, qui ne voulait pas en croire ses yeux.

Mon nouvel état rendit heureux Capitaine Mavromati comme si j'eusse été son propre fils, et ma mère en eut des larmes de joie.

Ce ne fut pas tout. On dit qu'un malheur ne vient jamais seul. Je crois que le bonheur aussi se dédouble parfois ; autrement la vie serait impossible.

Une cruelle brutalité du Manant vint modifier de nouveau ma situation et la rendre presque idéale : ayant surpris mes deux camarades à boire un peu de liqueur, le féroce caissier les battit jusqu'au sang. Les malheureux, dès qu'ils s'échappèrent de ses mains, s'enfuirent à tout jamais ; et en attendant l'arrivée et la mise au courant de leurs remplaçants, je dus assumer une partie de la besogne abandonnée par les fuyards. On me donna, naturellement, du bon et du mauvais.

Alors, je connus — à côté des fatigues de la cave et du lourd panier de provisions qui m'écrasait les épaules en rentrant du marché — le bonheur de sortir en ville, de revivre dehors et surtout celui d'errer dans ce *Karakioï* qui surplombe le Danube et que je désirais revoir comme le bagnard soupire après sa liberté.

D'octobre à avril, pendant six mois de réclusion, je n'avais revu mon cher Danube qu'une seule fois, à Noël. Et moi qui aimais tant, durant l'hiver, aller donner libre cours à ma mélancolie sur l'interminable écharpe blanche, pétrifiée par le gel ou en révolte titanesque avec la masse de ses glaçons.

Pour pouvoir tenir tête à cette nostalgie, il est facile de se représenter les compensations que je dus trouver dans l'amitié du Capitaine et dans sa merveilleuse « bible ».

*

Maintenant, d'un seul coup, je me réveillais libre : liberté chèrement payée, mais d'autant plus savoureuse !

Le matin, entre neuf et dix heures, je devais parcourir le quartier avec le menu du jour et prendre les commandes des abonnés, puis, entre onze heures et midi, leur distribuer les repas voulus. Le soir, même opération. Quatre heures par jour de vagabondage, quatre heures d'ivresse, pour mes yeux, pour mes oreilles, pour mes sens ! Des acacias, ployant sous la charge resplendissante de leurs boutons ; des arbres frémissants du concert de leurs hôtes chanteurs ; des rues balayées par le

vent, arrosées par la pluie, remplies de chiens et
de chats espiègles ; des fenêtres grandes ouvertes
au soleil et garnies de pots de fleurs ; des cours avec
des femmes amoureuses, à demi vêtues, chantant
ou grondant leurs marmailles. Mais c'est surtout
le Danube qui devait se montrer à mes yeux sous
des aspects que je n'avais jamais su lui découvrir
à ce point étonnants — le Danube éternel des
enfances millénaires !

Et comme je gardai cet emploi jusqu'à la fin de
mon service chez Kir Léonida, Capitaine Mavromati dut souvent m'accompagner dans mes
courses passionnantes et me parler, en sa propre
langue, de choses et autres de sa vie passée. Je les
rends en bloc, telles qu'elles reviennent à ma
mémoire qui n'est que celle du cœur :

« Je suis né sur l'eau, et je n'ai jamais cru que je
pourrais vivre et mourir ailleurs que sur l'eau.

« Mon père avait sa caravelle sur l'Égée ; il y gardait sa famille avec lui ; ensemble nous connais-
sions la paix et les soucis de la vie de marin.

« Après la mort de mes parents, je me rendis
seul maître de la caravelle, au prix de torts et d'injustices que j'eus le cœur de commettre au détriment de mon frère et de ma sœur, tous deux en
bas âge. Et, deh ! Peut-être qu'aujourd'hui j'expie !
Si, en mes vieux jours, je suis outragé et tourmenté

— si on me brûle les mains et le nez, si on me verse de l'eau dans les poches et si on m'asphyxie avec de la fumée de piments — c'est peut-être parce que je dois racheter mes injustices de ce temps-là!

« C'est pourquoi, comme dit le Roumain, j'avale et je me tais. Je pourrais, à n'importe quel moment, faire jeter le caissier en prison, car il a volé et vole, non pas des boissons et des poulets, mais des milliers de francs! Et je me tais encore. Pourquoi le dénoncerais-je? Qui ne vole pas? N'ai-je pas volé, moi? N'a-t-il pas volé, Zanetto? Tout le monde vole, tous ceux qui le peuvent! Avec ses deux bras, nul homme ne peut se construire une caravelle, ni une fabrique d'eaux gazeuses!

« Et que gagnerais-je, en rendant ce service à mes riches amis? Pour Léonida, je resterais le même pouilleux Mavromati. Il oublie que s'il s'est réveillé héritier d'une grosse fortune, c'est, en grande partie, à moi qu'il le doit : c'est moi qui ai tiré son père de la servitude, et c'est moi qui lui ai donné de quoi ouvrir son auberge à Braïla, où je venais avec ma caravelle et voyais qu'il y avait "du pain à manger". Nous avons laissé de vraies fortunes dans la taverne de Zanetto, mes amis et moi!

« Ah! les amis. L'amitié! Je ne les maudis pas, mais de quels crimes ne sommes-nous pas

capables, tout en étant des amis, tout en adorant
l'amitié !

. . . .

« J'étais jeune... Ambitieux... Je voulus avoir un
cargo... Assez de caravelle ! Plus de voiles ! Capitaine de bateau... Mon bateau... Éventrer les mers,
du Levant à Gibraltar et à l'Océan.

« Un banquier du Pirée, ami d'enfance, me
prêta les sommes qui me faisaient défaut, après la
vente de la caravelle, et me voici "commandant de
mon propre vapeur" !

« Alors, je perdis la tête ! Je crus que la terre
m'appartenait ! Orgies, générosités et fanfaron-
nades, qui me hissèrent aux nues et me firent
oublier que j'avais aussi des dettes à payer :

« — Bravo, Mavromati !

« — *Zito*, Mavromati !

« — Hourra, Mavromati !

« *Na-sé-hes-so*, Mavromati !

« J'avais une femme espagnole, qui ne voulait
pas monter sur le cargo, plus que ma mère sur la
caravelle, et je sus pourquoi : c'est qu'il lui était
plus facile de monter dans le lit du banquier, mon
ami ! Là, elle ne craignait pas la tempête ! Ah ! il
ne faut jamais avoir d'ami banquier !

« Un jour, nous nous arrachâmes nos belles
barbes... J'engageai le cargo, lui remboursai ma

dette et repris ma femme. J'eusse mieux fait de la lui laisser et de ne rien payer, car je devais quand même la perdre plus tard, elle et le bateau avec !

« La femme, *moré* Panaghi, est comme le soleil : il ne faut pas trop t'éloigner d'elle, mais pas trop t'en approcher non plus. En tout cas, tu ne peux avoir, en même temps, femme et bateau : l'un des deux te coule infailliblement !

. . . .

« Après mon double naufrage, resté sans une affection sincère et sans mon orageuse *Mavri Thalassa*, je pensai à Zanetto, que j'avais enrichi. Je vins à Braïla. Je possédais encore un peu d'argent et je lui proposai une association amicale. Il me répondit que "deux sabres n'entrent pas dans le même fourreau, mais, disait-il, si tu veux, tu peux vivre près de moi".

« Je fermai les yeux et vécus près de lui.

« Au début, j'espérais encore en l'avenir et croyais en mes amis. Nous prenions nos repas en commun, nous banquetions parfois. J'étais estimé de mes collègues, commandants de navires, qui me promettaient la mer Noire et le mont Athos.

« Les jours et les ans ont passé. L'un après l'autre, disparurent tous mes bons amis, qui pouvaient encore me sauver. Pendant ce temps, Zanetto devenait puissant. Moi, je faiblissais et tombais

malade. Puis, ayant dépensé toutes mes écono-
mies, il ne me fut plus possible de payer, à mon
tour, quelque bon festin, et vois-tu : quand, dans
une amitié, il n'y a qu'un des amis qui paie, l'es-
time s'en va... et l'amitié avec. À cette règle, peu
d'hommes font exception.

« Bientôt, je devins loqueteux et sale. Alors, plus
rien ne resta du fier Mavromati. Jusqu'à mon titre
de *capitaine* qui me fut dénié et qui devint un sujet
de raillerie pour la jeunesse gaillarde du cabaret.
"Capitaine" Mavromati ne fut plus qu'une légende !
Suivant l'exemple général, le caissier me servait du
vin éventé ou étendu de siphon, et poussait des
enfants innocents à se moquer de moi, puis, à me
tourmenter.

« Je ne me plaignais à personne, ni ne me révol-
tais. Je disais : "Allons ! Capitaine Mavromati :
Kalo taxidi ! (bon voyage). Adieu *mavra matia*[1] !" »

. . . .

*

Été de chaleurs caniculaires. Jardin aux bos-
quets parés de houblon. Fatigue de cheval de
tram. Sueurs de sang.

---

1. En grec : *noirs yeux.*

La chemise toute trempée, je descendais dans la *hrouba* glaciale pour satisfaire des clients sans cœur et préparer le terrain à cette tuberculose qui nous attendait vers notre vingtième année.

Et toujours des jurons et des coups. Six garçons défilèrent en moins de trois mois. Six fois je dus prendre leur corvée sur mon dos.

Cette auberge n'était pas une auberge, mais une géhenne. Des légions de gloutons à estomac de boa. Hécatombes de poulets. Maquereaux grillés par centaines. Vingt hectolitres de vin vidés en une journée.

À minuit, à une heure ou à deux heures du matin, j'allais jeter ma loque sur le lit, sans me déshabiller.

Puis vint l'automne, avec ses nouveaux crus et ses grillades. Fier, vaniteux, bavard, Barba Zanetto, trente fois par jour, faisait goûter à d'anciens amis ses « nectars troubles » :

— Garçon ! Lave bien deux verres, frotte-les avec une épluchure de pomme et va les remplir au n° 7 !

Choquant les verres et claquant la langue, le vieillard épiait la sentence du « connaisseur » qui se donnait des airs, faisait le difficile.

— Garçon ! Apporte vite, sur une fourchette,

une bouchée de pieuvre! Peut-être que monsieur
est à jeun!

C'était l'automne. J'entrais dans ma seconde
année de service. Conditions nouvelles à débattre
entre le patron et ma mère, qui ne débattait rien.

— Êtes-vous content de lui, Kir Léonida?

— Oui, oui, mère Zoïtza, Panagaki est notre
enfant! Nous en faisons un aide-caissier!

Cela voulait dire que j'avais le droit de toucher
à la caisse, soit pour rendre la monnaie, soit pour
l'échanger, en l'absence du titulaire. Et d'un seul
coup, on doubla mon salaire : deux cents francs
par an, plus les compléments : costume, chaussures, chapeau, une journée libre à Pâques et une
autre à Noël.

Enfin, voici le second hiver. Moins de courses.
Plus de repos. Joies et drames.

Le Manant, cette fois, était à même de me
dévorer. Il ne se passait pas pour moi de jour sans
claque.

— Un de nous deux partira d'ici! Et, sois-en
certain, je t'aurai! me criait-il.

Afin de me mettre hors de moi, vu mon atta-
chement pour Mavromati, il redoubla de méchan-
cetés et renouvela si bien l'asphyxie par les
piments, que le pauvre homme, affaibli par

l'asthme, dut fréquemment passer de longues
minutes à tousser dehors, dans le gel, jusqu'à l'aé-
ration complète de la boutique.

Les patrons n'ignoraient rien, et avaient plus
d'une fois surpris des scènes édifiantes, mais pré-
occupés de leurs grosses affaires, ils se contentaient
de faire une observation distraite. Que leur impor-
tait ? Le caissier était l'alpha et l'oméga. C'est lui
qui conduisait cette auberge, qu'ils ne connais-
saient presque plus.

J'étais si désespéré que, sans ma passion amicale
pour Mavromati, j'aurais, en effet, cédé la place,
ainsi que le voulait notre inquisiteur.

Mon destin en avait décidé autrement. Il voulait que ce départ fût précédé d'une victoire et
suivi d'une défaite, ainsi que le furent, depuis, mes
incessants départs et arrivées à travers ce vaste
monde.

Un jour de décembre, en dépit de mes précau-
tions habituelles, je fus surpris, par le Manant, le
dictionnaire entre les mains. Cela eût été sans
importance, si j'avais eu à faire à un homme, mais
comme mon ennemi ne cherchait qu'un prétexte
à provocation, il sauta sur le bouquin.

— Qu'est-ce que c'est que ce gros livre, tout
neuf ? hurla-t-il, en m'arrachant le précieux

ouvrage. Comment te l'es-tu procuré ? Tu voles la caisse, filou !

Et, aussitôt, il m'asséna un tel coup de poing sur le nez que je tombai à terre, ensanglanté.

À cet instant arrivait Kir Léonida. Il se précipita à mon secours et cria furieux :

— Qu'as-tu fait, Demètre ? Est-ce que tu es devenu fou ?

— Il a volé la caisse, Kir Léonida ! riposta la brute. Regardez : il s'est acheté ce gros bouquin !

Avalant mon sang à pleines gorgées, je ne pus, sur le coup, rien répondre ; je regardais de l'un à l'autre, et considérais surtout le capitaine Mavromati, qui s'était levé, blême, tremblant, pour répondre à ma place, mais qu'un terrible accès de toux avait rejeté sur sa chaise.

Le patron repoussa le dictionnaire que lui offrait le caissier et m'aida à me laver la figure. Pendant ce temps, l'autre répétait sans cesse :

— Il vole, oui ! J'avais pressenti, moi, depuis longtemps, qu'il volait !

— C'est toi qui voles ! pus-je enfin crier de toutes mes forces. Je t'ai vu, moi, charrier, chez « la boulangère », des bouteilles de vin bouché.

Devant cette affirmation, facilement contrôlable, Kir Léonida tressaillit, comme un homme mordu par une vipère.

C'est qu'on n'avait pas d'autres bouteilles de vin bouché qu'un stock d'un millier de litres dont on ne vendait guère. Ce vin, vieux de trente ans, on l'appelait « drogue », à cause de ses vertus fortifiantes, et on ne le consommait qu'en cas de maladie dans la famille, ou on l'offrait gracieusement à de rares amis, toujours comme médicament.

— Il ment, monsieur, il ment pour se sauver ! se mit à crier le Manant, pâle comme la mort.

— Nous allons voir s'il ment, fit le patron, mais s'il ne ment pas, tu es fichu, même s'il a volé la caisse. Les bouteilles sont comptées. Et ce vin vaut plus que son poids d'or.

— Toutes les bouteilles sont à leur place ! balbutia le coupable.

— Oui, dis-je, elles sont à leur place, mais une cinquantaine de la dernière rangée sont vides et tournées le goulot contre le mur ! Je l'ai vu de mes yeux quand tu les vidais !

Capitaine Mavromati intervint ; il dit, en surmontant un visible dégoût :

— De cette histoire de « drogue » volée, moi je ne sais rien, mais je sais que Demètre a dix mille francs, à son compte, à la banque. Je ne crois pas qu'il les ait économisés sur son maigre salaire !

Quant au dictionnaire de ce garçon, c'est moi qui
le lui ai offert, l'année dernière.

. . . .

Le pot aux roses fut vérifié. Le Manant en fut
pour son congé, car les patrons, étant des Grecs,
des étrangers, préférèrent fermer les yeux.

Ainsi, je devins maître-serviteur sur la caisse,
sur la taverne et sur ses malheurs.

Ma mère était au neuvième ciel. Nos banlieu-
sardes n'arrêtaient pas de lui dire :

— Que Dieu te le garde en vie ! Quel garçon !

*

Oui ! « Quel garçon ! Que Dieu te le conserve ! »

Seulement, voilà : ce garçon, il avait tout souf-
fert et s'était beaucoup appliqué, non pour devenir « Manant » à son tour, mais grâce à un ressort
qui commandait merveilleusement son méca-
nisme compliqué.

Un jour de noir hiver, peu après l'« heureux
événement », ce miraculeux ressort partit en
éclats : Capitaine Mavromati avait succombé, une
nuit. Dans son taudis, sur son grabat, et tout seul ;
loin de sa tumultueuse *thalassa* ; loin de la main
amicale de son petit Panagaki ; loin de toute main

amie qui pût serrer la sienne, au dernier moment, et qui lui dît, par la chaleur du sang :

« Ami... Frère... Sache que je t'ai aimé, ta vie durant, je t'ai aimé ! »

. . . .

Le jour de l'enterrement de l'homme à qui je devais la « bible » de mon adolescence, je sortis faire ma tournée du matin chez les abonnés. Au retour, en passant près du ravin, j'aperçus le Danube ! Gelé depuis décembre, il venait de rompre pendant la nuit sa formidable carapace, cet implacable révolutionnaire ! Il l'avait fracassée. Et maintenant, bourru, fulminant, invincible, il charriait sa masse de cercueils blancs.

Oui, des cercueils ! Il les broyait, les dressait debout, les couchait de nouveau, les bouleversait en tous sens, les baignait dans ses flots et les portait sur son dos, les portait au loin, vers Galatz, vers Sulina, dans la mer, dans la *Mavri Thalassa* du capitaine Mavromati !

Je restai là, pétrifié, le vide à mes pieds, le vide dans mon cœur, et je regardai, regardai, ce cimetière flottant.

Étais-je resté trop longtemps ? S'était-il écoulé une heure ? deux heures ? Midi était-il sonné ?

Je n'en sais rien, encore aujourd'hui. Je sais seu-

lement que le fou de Barba Zanetto m'avait
recherché partout et...

... Et me voyant là, au bord du ravin, il s'approche gentiment et me précipite dans le vide!
Comme ça, de rage, tout caissier que j'étais!

Sous la poussée, j'ai fermé les yeux, sans un cri,
sans conscience, et j'ai roulé comme un tronc, sur
la pente couverte d'une épaisse couche de neige.
J'ai roulé jusqu'en bas, sur le port. Là, je me suis
mis debout et j'ai levé la tête pour savoir au moins
qui m'a fait faire ce voyage. C'était Barba Zanetto.
Tout en haut, gesticulant comme un chimpanzé,
il hurlait :

— Ah! *Kérata!* C'est ainsi, hé? Tu aban-
donnes le restaurant et te paies du Danube! Et
moi qui te cherche depuis une heure! Monte vite,
pouslama! Nous avons du monde, beaucoup de
monde!

Je l'écoutai. À la fin, enlevant mon tablier, je le
roulai en boule et le jetai, le plus haut possible, à
son nez, en criant :

— Il se peut que tu aies «beaucoup de
monde», dans ta boîte, mais tu n'as plus mon
Capitaine Mavromati! Prends ton tablier et reste
avec ton monde! Moi, je m'en vais vers le mien!

. . . .

Quelques heures plus tard, remontant vers la maison et passant par l'avenue de la Cavalerie, je vis surgir devant moi le corbillard qui portait mon ami vers le royaume où il n'y a pas de banquiers, ni d'Espagnoles, ni de « Manants », ni même de bons amis.

Dix personnes, environ, le suivaient avec ennui.

Adieu, *mavra matia* !

Adieu, mon enfance !

POUR ATTEINDRE LA FRANCE

*À CHARLIE CHAPLIN, — l'humain
« Charlot », que je ne connais que par
ses films, je dédie ce film de ma vie.*

P. I.

III

DIRETTISSIMO

Pour atteindre la France — qui a toujours été
regardée par l'Orient comme une amante idéale
— nombre de vagabonds rêveurs se sont éper-
dument lancés à son appel, bien plus qu'à sa
conquête, mais la plupart, les meilleurs peut-être,

ont laissé leurs os avant de l'avoir connue, ou
après, ce qui revient au même. Car il n'y a de
beauté que dans l'illusion. Et qu'on atteigne ou
non le but de sa course, l'amertume a presque le
même goût dans les deux cas. Les fins se valent
toujours. Ce qui importe, pour l'homme aux
désirs démesurés, c'est la lutte, la bataille qu'il
livre à son sort pendant que ces désirs persistent :
voilà toute la vie, la vie du rêveur.

Je suis un de ces rêveurs. Et j'ai voulu jadis,
entre tant d'autres désirs, atteindre aussi la terre
française. Voici une de mes tentatives échouées,
la plus belle.

*

Je me trouvais au Pirée (il y a de cela juste
vingt ans), en compagnie du meilleur frère de
route que mon existence ait connu, le seul ami
dont l'âme se soit jamais entièrement soudée à la
mienne. Et cependant, nous allions nous séparer :
une tristesse intime, qui venait de déchirer subi-
tement son cœur, l'arrachait à ma passion amicale
et l'envoyait s'enfermer pendant quelque temps
dans un monastère du mont Athos.

Pendant trois jours, après notre débarquement
au Pirée, nous nous promenâmes, silencieux et

chagrins, parmi des ruines glorieuses qui ne firent qu'augmenter la détresse de nos pauvres âmes ; puis, l'instant vint où nous dûmes nous embrasser, pour ne plus nous revoir peut-être. Ah ! que cela est triste lorsqu'on aime un homme !

De notre dernier repas, — du pain et des olives étalés sur un journal, — nous ne pûmes presque rien avaler. La petite chambre d'hôtel nous semblait mortuaire. Nous séparâmes nos effets, partageâmes notre avoir commun, une soixantaine de drachmes, et pleurâmes bravement.

Comme je voulais partir pour la France, et que mon ami s'y opposait, il me dit une dernière fois :

— N'y va pas... Sois raisonnable... Tu as une mère qui tremble pour ta vie. Tant que nous étions ensemble, cela pouvait encore aller : je parle plusieurs langues et suis plus débrouillard que toi. Mais, seul, tu souffriras beaucoup plus. Puis l'Occident, qui a des asiles de nuit, est plus dur pour les vagabonds que l'Orient, qui n'en a point. Laisse au diable Marseille : si tu savais ce que cette ville me coûte ! Rentre chez toi, épouse une petite nigaude cousue d'or, vis d'un travail assuré et meurs en paix. Les rêves ?... Couve-les au coin du feu de ta cheminée, qui est moins coûteux que celui qui embrase le sang : le jour de ta mort, ton visage en portera bien moins de balafres. Crois-moi, Panaït... Le bilan de tous les rêves vécus se chiffre par des désastres. Et il est juste qu'il en soit ainsi ; autrement, il n'y aurait que des rêveurs. Allons... Promets-moi que tu prendras demain le bateau de Constanza.

Mon ami me parlait en me serrant les deux mains, et ses beaux yeux humides, son beau visage de frère étaient tendrement faux : il ne croyait qu'à moitié ce qu'il disait, il mentait affectueusement.

Je lui mentis à mon tour, en lui promettant de suivre ses conseils, et il partit convaincu que je n'en ferais rien, car ce n'est pas en vain que nous étions de la même trempe.

Dès que je me trouvai seul, la terre se vida de sens, les hommes me parurent absurdes. Le lendemain, debout sur le quai, les oreilles bourdonnant de belles rimes françaises que mon ami récitait le soir, je laissai les dernières embarcations accoster le bateau roumain, puis, le bateau lui-même partir vers Constantza.

Deux jours après, un navire de la Compagnie des Messageries maritimes, le *Saghalien*[1], partait pour Marseille, via Naples.

Je fis ma valise.

1. Je ne garantis pas l'orthographe de ce nom.

*

Cette opération s'accomplit tragiquement,
quand on est vagabond, misérable et ami aban-
donné, mais de cela, que sait le monde ?

De ce qu'une valise peut enfermer de douleur,
quand elle a été faite, lors du premier départ, par
les mains calleuses d'une mère qui sanglote ; de ce
qu'un bon fils doit sentir dans son cœur, quand
toute une banlieue glapit qu'il s'est lié à un « vaurien » ; du désert qu'un tel « vaurien » peut créer
dans l'âme d'un adolescent effréné, quand il le
quitte « pour, peut-être, ne plus le retrouver »,
après lui avoir parlé désespérément, de tout cela,
le monde, qu'en sait-il ?

Sait-il, seulement, comment on fait sa valise,
lorsqu'on est certain de ne pas pouvoir payer le
voyage ?

Multiples sont les ressources que la vie offre à
notre amour, et inflexible le courage que le désir
engendre.

En cette fin de janvier 1907, qui suivit le désas-
treux départ de mon ami, on aurait pu me voir,
devant les embarcadères du Pirée, tranquillement
assis sur ma valise et contemplant les évolutions

des paquebots : j'étudiais, depuis deux jours, le mouvement des foules maritimes qui vont et viennent ; j'observais leurs habitudes, voyageurs, marins et navires.

C'est qu'un gros événement se préparait dans ma nouvelle vie de vagabond novice à l'étranger, resté sans argent et brusquement expulsé de dessous l'aile protectrice de mon mentor. Aussi, le cœur réduit aux dimensions d'une noisette, je pensais fréquemment à la pièce d'or que j'avais cousue dans le pan de ma chemise, une demi-livre sterling, toute ma fortune, une fois achetés et enfermés dans ma valise, entre la *Vie de Socrate* et les *Poésies d'Eminesco*, un pain de deux kilos et une livre de fromage grec, l'excellent *cascavali*. Je pensais également à ma montre Roskopf, scrupuleuse et sympathique machine de nickel oxydé, riche de souvenirs, depuis quatre ans que je la traînais partout, et joyeuse d'avoir tant de fois échappé à la mort par strangulation. Cette montre, je l'avais glissée dans le pan droit de mon paletot, tout au fond, entre l'étoffe et sa doublure, après avoir percé la poche. Pour la chercher et consulter l'heure, je plongeais le bras jusqu'à l'épaule. Elle me rappelait constamment son existence, en me tapant le genou à chaque pas.

Ainsi, il ne me restait, à la portée d'une fouille

violente, que quelques drachmes destinées en partie à ce bonhomme de *barcadji*, lequel — du fond de sa barque où il était allongé, les bras sous la tête — m'épiait aimablement, depuis les deux jours que j'observais le *Saghalien*, me souriait avec grâce et me disait à chacun de ses retours de course, en se jetant sur le dos : « *Kalosto patrioti* (salut). »

Je ne lui accordais en réponse que le regard glacial de l'homme qui se meurt, mais une heure avant le départ « du Français », je dus abandonner mon amer dédain :

— Oui, *kalosto patrioti*, et dis-moi : combien me prendrais-tu pour me transporter à ce navire qui est ancré là-bas, à l'entrée du port ?

D'un bond, il se mit sur son séant et regarda vers l'endroit indiqué, où il y avait deux bateaux.

— *To Galiko* ou *to Ghermaniko* ? (« le français » ou « l'allemand » ?)

— *To Galiko !*

L'homme se tapa les cuisses, jovial, patelin.

— Eh ! *patrioti*... Tu sais bien : trente centimes... C'est bien loin, *kaïméni* (pauvres de nous !).

— Oui, dis-je, c'est loin. Et puis, je n'ai pas de billet...

Le *barcadji* exulta :

— Donne-moi l'argent, pour que je te l'achète,

s'écria-t-il, sautant sur le quai. Tu comprends, c'est le même prix, mais, moi, je gagnerai cinquante centimes dessus.

— Combien ça coûte jusqu'à Marseille, *katastromatos*[1] ?

— Soixante drachmes.

— Il faut les avoir... *Kaïméni.*

Cette mise à la page fit changer le batelier de ton et d'attitude. Son visage maigre se fit solennel ; il parla gravement :

— Ça, c'est une autre paire de manches !... Allons prendre un café, là, en face !

Et au café, croisant les bras sur la table, son nez dans le mien :

— Tu veux donc faire le *palikaraki* ? (petit vaillant).

— Oui, à peu près...

— Eh bien ! donne-moi deux drachmes et je t'embarque !

Je lui remis les deux drachmes.

— Maintenant, écoute, *matia-mou* ! (Mes yeux !) Je te conduirai au grand escalier des première classe. Là, tu monteras vite, comme un coq. Si l'on t'arrête, réponds, en grec : « C'est

1. Sur le pont.

pour voir un ami. » Comme tu es bien habillé, *ils* te laisseront passer. Surtout ne te cache pas avant le départ : *ils* ont l'œil. Pendant ce temps je glisserai ta valise parmi les malles des riches. Toi, à l'intérieur, attends qu'elle apparaisse, empoigne-la sans donner d'explications et... que Dieu te protège, mon enfant.

Il en fut comme il avait dit. Monté sans aucun encombre, je descendis sur le pont inférieur et vis mon *barcadji* jouer des coudes, se quereller avec ses camarades ; puis, lorsqu'il m'eut passé la valise et se fut assuré que je la tenais, il me dit, encore une fois, avec un geste large de soulagement :

— Maintenant, que Dieu te protège !...

*

Oui, que Dieu te protège, mon enfant... jusqu'à ce que le contrôleur t'attrape.

Mais en attendant cette terrible catastrophe, il est permis d'espérer une bonne issue et de prendre part à la vie qui vous entoure. Et la vie qui m'entoure sur le *Saghalien* est bien émouvante : quatre cents Grecs, venus de toutes les contrées de la Grèce, de l'Anatolie et de la Macédoine, sont parqués là, sur le pont, dans un pêle-mêle comique, tragique, pittoresque, plus que théâtral, et presque

invraisemblable. Tous les costumes, tous les dia-
lectes, tous les caractères. Des jeunes, des vieux,
des enfants. Des célibataires et des couples. Des
gais, des mélancoliques, des moroses, des indiffé-
rents et des sages. Les uns dansent, ou font danser
leurs enfants. D'autres chantent, pincent les cordes
d'un instrument ou jouent aux cartes. Il y en a qui
discutent si passionnément qu'on dirait qu'ils se
disputent, cependant que tel soupire dans un coin,
ou que tel autre mesure le pont, gesticulant, les
doigts de ses mains écarquillés, et hurlant au ciel :

— Oh ! *patrida-mou !... patrida-mou !* (Ma
patrie ! ma patrie !)

Tous mangent et boivent. Le pont est jonché
de noyaux d'olives, de têtes de harengs, d'éplu-
chures d'oignons, d'écorces d'oranges. Ça pue
partout le *tziri*, le fromage fort, et le reste, qui est
considérable.

Un refrain monte plus particulièrement de tous
les groupes :

> *Ehé, moré, éhé*
> *Tha pami stin xantia !*
> (Nous partons à l'étranger.)

Et c'est au milieu de ce brouhaha que la sirène
lance son premier coup et me rappelle que je n'ai

pas de billet. Je l'ai presque oublié, mais je suis si bien perdu dans cette foule que je ne m'effraie pas trop ; je laisse la sirène vrombir tous ses coups, et le bateau part, dans le délire de cette masse humaine hurlante :

— Adieu, *patrida-mou* !

— Adieu, mes amis !

L'*éhé, moré, éhé* tonne maintenant au ciel, dans un chœur repris par quatre cents voix :

> *Tout le monde chante.*
> *C'est ainsi sur le bateau :*
> *On est gai ; on est joyeux.*
> *Tout le monde, sauf le Juif.*
> *Le Juif errant, lui, il n'a pas le voyage gai.*

Le *Saghalien* prend le large, sous le souffle d'une mer qui nous asperge pour se jouer. Les tentes claquent au vent. Les émigrants, blottis les uns contre les autres, se font soucieux, de plus en plus soucieux. Moi aussi, et pour cause. Je ne cesse, cependant, de songer avec joie au bonheur de me trouver dans quelques jours à Marseille. Ah ! je ferai tout, tout — débardeur, plongeur, mendiant — uniquement pour y arriver. Je me vois déjà lisant, moi aussi, des livres français, en original, comme mon ami !

Mais mon cœur se détache de ce songe et se rapetisse, en frappant fort. Autour de moi : des *katastromatos*, des hommes fouillis, des rêveurs de dollars. Quel lien y a-t-il entre ce troupeau et moi ?

Avec une haleine saturée d'ail, un jeune émigrant me lance dans le nez :

— Moi, je vais à San Francisco... Et toi ?

— À Tombouctou !

— Où est-ce ?

— Au Canada.

— Il fait trop froid, là-bas...

— Laisse-moi tranquille !

Le regard fixé sur le commandant, qui se promène dans sa cage de chef, je me demande si cet homme aurait pitié de moi, en cas de grand malheur.

Soudain, une phrase brève, retentissante, criée en grec, me poignarde la poitrine :

— *Hé ! Ta sitiria, pédia !* (Allons ! Les billets, enfants !)

Celui qui a lancé cet ordre calamiteux c'est le *cafédji*, tenancier du buffet des troisième, interprète et infailliblement grec sur tous les navires qui sillonnent le bassin de la Méditerranée.

À côté de lui se tient un officier de bord, la mine sévère.

Ah ! *kaïméni palikaraki !*

*

Profitant du remous qui s'est produit dans la
foule, ainsi que de l'inattention des deux contrô-
leurs, je déguerpis, je file en douce. Où ? Est-ce
que je le sais ? Je rôde, je déambule, à droite, à
gauche, les yeux en quête d'un trou de rat, tout
en tâtant la pièce d'or cousue à ma chemise, pendant que ma « Roskopf » me tape le genou.

Me glisser dans une barque de sauvetage ? Elles
sont couvertes de bâches, solidement fixées par
des cordes, qu'il faudrait couper. Descendre à la
chaufferie ? Je n'y connais personne : ce sont des
Français. Et voilà qu'un matelot qui passe me
toise déjà à la dérobée et sourit. Il doit avoir
reconnu le *palikaraki* !

Me jugeant perdu, je me tapis dans les petits
couloirs qui font labyrinthe autour de la grosse
cheminée. Je me blottis au-dessus de la grille qui
protège les chaudières. Là, parmi les manches à
vent, je me sens en sûreté. On ne me découvrira
pas ici, c'est trop compliqué. Ils ne vont tout de
même pas se mettre à fouiller dans les mille coins
et recoins de ce navire ! Peut-être — sait-on
jamais ? — ne le connaissent-ils pas si bien qu'un

vagabond qui est à son premier coup, hé, *palika-raki*?

Et l'éternité, la lourde éternité passe, s'écoule, avec son incertitude, sa pluie fine qui commence à tomber sur mes épaules, les chaudières qui me brûlent par-dessous la grille, la cendre qui monte et me suffoque, le roulis qui me cahote dur... Et ma valise, abandonnée à ces pirates-là, que devient-elle, avec son pain et le fromage, dont je voudrais bien me repaître un peu?... Car, ma foi, j'ai faim. Mais il faut patienter, et je patiente, l'oreille aux écoutes, le regard entre mes jambes. Glacé par le haut, grillé par le bas, je change constamment de semelle, comme les cigognes au repos.

Mon Dieu, que c'est long!

Pas tant que ça!

Un bruit de pas qui s'approchent, toc, toc, sur le pont... *Ils* sont deux... Ils s'arrêtent! Pourquoi s'arrêtent-ils? Il n'y a rien à faire ici. Je risque un coup d'œil autour de moi pour voir s'il y a quelque chose à faire : rien; crasse et ferrailles poussiéreuses.

Mais les pas — les pas d'un seul, maintenant — avancent de nouveau, toc, toc, et de nouveau s'arrêtent, cette fois dans mon propre labyrinthe! Ah! Marseille, je ne te vois déjà plus si bien! Je

vois plutôt la casquette du *cafédji*, l'interprète
du contrôleur, dont une seule manche à air me
sépare. Et la détresse me coupe le souffle, mais
il est inutile de ne plus respirer devant une telle
catastrophe, car voici un pas, et le *cafédji* me
regarde, avec ses yeux de crapaud, sa face bour-
souflée : il ne dit rien, mais de sa place, me fait
un signe de l'index : *viens ici!*

J'obéis, bien entendu... Je me présente...
Palikaraki...

Sur le pont, le Français et le Grec échangent
quelques mots que je ne comprends pas. Le premier me toise avec calme. Le second me dit :

— Suis-nous!

Je le suis, comme une jeune mariée, en pensant tendrement à ma demi-livre sterling et à ma
Roskopf, chacune encore à sa place respective.

Quand mon convoi funèbre arrive sous la tente
des *katastromatos*, tous les émigrants sont debout.
Les plus nerveux nous cernent. Et les exclama-
tions :

— Qu'est-ce qu'il y a?

— Qu'a-t-il fait?

— Il n'a pas de billet?

— Le pauvre! *Kaïménos!*

Je regarde tout ce monde, mes deux juges, la

mer, le ciel, et je tremble pour mon bien, que je regrette de n'avoir pas caché dans le fromage.

Et voici l'interrogatoire, mené par l'interprète grec et écouté avec indifférence par l'officier français, avec vif intérêt par les émigrants :

— Que fais-tu dans cette cachette ?

— Je vais à Marseille.

— *Mba !* Et ton billet ?

— Je n'en ai point.

Le *cafédji* devient rouge, m'empoigne par le revers du paletot et me secoue violemment :

— *Kérata !* Est-ce que tu te crois sur le bateau de ton père ?

L'officier tend la main et calme l'excès de zèle du valet. Une voix crie dans l'assistance :

— Allons, *moré*, ne fais pas le *léké* (vil valet). Nous sommes des chrétiens !

D'autres voix :

— Eh quoi ! Le bateau n'est pas à ton père non plus !

— ... Et il ne sera pas plus lourd à cause de ce *kaïmenos.*

L'hostilité contre l'interprète monte de partout. Un émigrant tire de sa poche un mouchoir, y jette quelques sous, puis, nerveusement, poursuit sa quête parmi la foule, faisant sonner l'argent et clamant d'une voix métallique :

— Hé! les frères! un peu de bonne volonté! Donnez ce que votre cœur vous permet! Nous allons ramasser quelques sous pour ce malheureux! *Pour lui!* Pas pour le bateau! Au diable le bateau!

Je regarde ce garçon et je crois reconnaître celui même qui disait aller à San Francisco et que j'ai envoyé au diable.

Devant ce mouvement, le *cafédji* interroge des yeux son supérieur. Celui-ci prononce une phrase, et le Grec se met en devoir de me fouiller les poches. Résultat : quelques gros sous. On me les laisse.

Alors, j'entends l'officier dire :

— Aux escarbilles.

Et il tourne le dos, mais revient aussitôt, considère mes vêtements propres, et modifie sa sentence :

— *Non... Surveiller... Débarquer à Naples...*

L'interprète me jette dans une cabine-débarras, et là, fonçant sur moi, me hurle dans le nez :

— *Vodi! Gaïdouri!* (Bœuf! Âne!) Pourquoi n'es-tu pas venu me chercher avant le départ du navire? Pour quelques drachmes je t'aurais montré, moi, où il fallait te cacher! *Zoo!* (Animal!)

— Je le saurai à l'avenir...

Je l'ai su, en effet, et je l'ai passablement mis à profit.

*

Tout va bien jusqu'au moment où Messine est en vue. Les émigrants mangent, boivent : le pont est une vraie écurie ; on ne marche que sur des déchets. Les chants, assoupis la nuit, reprennent le matin de plus belle :

Ehé, moré éhé !

Et des claquements de mains, et des danses :

Nous allons manger et boire,
et nous allons danser,
éhé, moré, éhé.

quand, brusquement, un orage se déchaîne et nous voilà, êtres et choses, sens dessus dessous.

Un coup de vent insoupçonné, lourd, massif, comme mille tonnes d'eau, frappe violemment notre tente, la gonfle, l'arrache à tous ses liens et la projette contre le mât, qui craque à faire croire que c'est la fin du monde. Hommes, femmes, enfants, bagages, bouteilles, pains, *tziris*, oignons, oranges, tout cela ne fait plus qu'une masse informe que le navire roule de tribord à bâbord, écrase, fracasse pendant que la tempête ravage le pont et que le commandant crie de son poste :

— Tout le monde dans les cales !

Les émigrants, eux, ont changé de chanson. Glissant sur les mains et sur les fesses, inondés d'eau, la terreur aux yeux, ils se cramponnent à tout ce qui leur tombe sous la main et invoquent, à grands cris, les deux saints grecs protecteurs des mers :

— *Aghios Nicolas ! Aghios Ghérasimos !*

Le *cafédji*, qui opère la descente dans les soutes et qui s'amuse du spectacle, crie aux katastromatos effarés, en leur marchant dessus :

— Aha-a ! Voilà le naufrage ! Maintenant : *éhé, moré, éhé !*

Et les jetant comme des paquets, il nettoie le pont de tout fouillis.

Je suis le seul qui aime mieux affronter l'orage que de descendre dans la puanteur et les vomissements. Calé entre la balustrade et la cuisine, je me gare comme je peux des vagues qui balaient le pont et, un moment, je crois vraiment au naufrage. Adieu, ma mère ! Tu ne me reverras plus !

Le *cafédji*, m'apercevant là, me crie :

— Descends, malheureux ! Une vague va t'emporter !

— Qu'elle m'emporte !

Mais il en est autrement écrit.

Par une soirée au ciel couvert d'étoiles, Naples ouvre devant ma misère son golfe unique au monde, hisse jusqu'aux nues les lumières de son amphithéâtre, m'accueille dans un enchantement qui me fait pardonner au destin d'avoir contrarié mon désir d'atteindre la France.

Je suis débarqué à Naples… Mais j'admire Naples ! Mon cœur se gonfle à éclater, pendant que mes yeux scrutent les ténèbres pour découvrir la masse noire du Vésuve.

Tu descendras ici, me crie l'interprète, au milieu d'un vacarme assourdissant.

Le *Saghalien* stoppe, jette l'ancre. Les voyageurs s'entassent dans les barques qui fourmillent autour du navire. Moi, valise au dos, je suis pris dans la foule des émigrants, qui débarquent ici, d'où un transatlantique les reprendra pour les transporter en Amérique. Et nous voilà, vrai troupeau de moutons, poussés dans un chaland qu'un remorqueur traîne jusqu'au quai des douanes. C'est toujours ça de gagné, me dis-je, pensant aux trois lires que des bateliers demandent aux voyageurs pour la course du bateau au quai. Et puisque personne ne s'occupe de moi, je me laisse aller. Qui sait ? Un dîner chipé, une nuit passée à l'œil ne sont pas à dédaigner, du moment qu'on est *palikaraki*. Jouons donc à l'émigrant, tant que ça marche !

Mais ça ne marche pas, et ça se gâte d'une façon tout à fait imprévue.

Conduits dans un immense bâtiment, aux lits alignés comme des tombeaux, je vois les Grecs s'approcher des murs et lire des inscriptions faites par d'anciens compatriotes : *Frères ! Ici nous avons été dévorés par des punaises grosses comme des lentilles !*

J'empoigne ma valise et décampe en vitesse !

Me voilà maintenant dans la rue, seul, sans ami, sans mon mentor, bonhomme de Braïla projeté par le monde, bonhomme qui ne se doute nullement des jours noirs qui lui sont réservés, adolescent crevant de vie et content de se trouver à Naples, puisqu'il n'y a pas eu moyen d'arriver à Marseille. Content de ce Naples dont il ne connaît encore que la poésie, content de sa pièce d'or cousue à sa chemise, de sa Roskopf réinstallée dans sa poche de gilet, et du misérable magot d'une quinzaine de drachmes en gros sous que les émigrants lui ont ramassé.

Mais il n'est pas très content de ce qui s'accomplit soudain, rapidement, pendant qu'il chemine en rêvant : un larron approche, lui propose de le conduire chez un *albergatore* et, sans plus attendre sa réponse, lui arrache la valise et lui ordonne de le suivre !

Mon Dieu ! me dis-je, cet homme doit crever de faim, pour procéder de la sorte ! On m'a débarqué dans une ville plus misérable que celles de la Grèce !

Et je le suis. Via Duomo, puis, une ruelle : nous voici au quatrième, chez l'*albergatore*. Il est jeune, noiraud, face dure d'homme qui lutte. L'intérieur me paraît propret. Le marché : cinquante centimes pour la nuit, vingt-cinq pour un plat de viande ou de poisson aux légumes. Très bien. Je paie le portefaix, qui ne me demande que trente centimes. Et je vais me coucher, car la maison oscille comme si j'étais encore en pleine mer.

Le patron me conduit à ma chambre, ouvre la porte et, me laissant passer, s'arrête sur le seuil, la main tendue. Je regarde sa bouche amère, ses yeux feu et glace, l'immobilité de son visage mâle, et je ne comprends rien.

— Les cinquante centimes ! fait-il, d'une voix cassante qui me donne le frisson.

Je paie vite. Il ferme la porte. Cloué au milieu de la pièce, mes yeux se promènent du lit ignoble à la fenêtre sinistre, et aux murs, dont le papier peint porte les traces de punaises écrasées sous le doigt. Une complainte lamentable monte de cette tranchée noire, profonde, lugubre, qui s'appelle *rue*, rue d'Occident, rue de Naples, où, pour gagner trente centimes, un homme m'est sauté dessus comme s'il voulait me dévaliser, et m'a amené chez cet *albergatore* qui a l'air d'un exécuteur.

Une frayeur me saisit. Mon cœur s'emplit de sombres pressentiments. J'ai envie de pleurer.

Loin, mon ami. Loin, ma mère. Et moi, qu'est-ce que je fais ici ! Je pense à notre foyer, humble, mais propre, douillet. Je pense aux camarades de mon âge, presque tous mariés, chacun dans sa famille, à son travail. Pourquoi cette malédiction de ne pas pouvoir faire comme eux, comme tout le monde ? Qu'est-ce qui me pousse continuellement sur des routes lointaines, quand, dans mon pays, les étrangers mêmes se créent une vie et demeurent ? Qu'est-ce que je veux ? Après quoi est-ce que je cours ?

Seul. À mille lieues de toute âme qui me comprenne et m'aide.

Vite je me déshabille et découds la pièce d'or, que je caresse tendrement : c'est elle qui va me protéger, elle et aussi les gros sous des *katas-*

tromatos, qui représentent presque autant. La Roskopf également, toute misérable qu'elle soit, vaut toujours deux à trois francs.

J'aligne mes trésors sur le lit : la montre, le tas de cuivre et le petit bouton d'or. Tout cela représente une livre sterling. Bon. J'ai de quoi vivre une quinzaine, à raison de trente sous par jour, tabac compris. Mais, dès demain matin, j'irai chercher et accepter du travail, n'importe quoi.

Cette idée me calme. Je me couche en me disant : il faut que je me débrouille ! Je suis un homme seul au monde !

*

Seul au monde ? Mais non ! Détresse d'un soir... Le lendemain, à sept heures, Naples est là ! Naples, la cité sans pareille, le coin du monde dont j'ai entendu dire qu'il fallait *le voir, puis mourir* !

Je ne suis pas mort, mais j'ai perdu la tête. Et deux jours durant, je ne fais que courir. Partout. Musées, Vésuve, Pompéi, jardins, promenades, monuments, tout cela je l'avale d'un coup, un morceau de pain dans une main, ma Roskopf dans l'autre.

Mais le soir du second jour, en rentrant chez

moi, il ne reste pas un liard du tas de cuivre fourni
par les pauvres émigrants.

Alors, je prends peur. Maintenant, mon vieux,
il faut travailler ! Attention, aussi, à l'argent ! Il
file. Nous allons goûter ce fameux plat de l'hôtelier qui ne coûte que cinq sous, viande et légumes.

C'est un mélange de nouilles, haricots, morue
salée avec beaucoup de sauce : mélange qui semble
avoir été déjà mangé une fois. Pas bon ; laissons
cette marmelade pour des jours plus sombres, qui,
peut-être, ne viendront pas. Pour le moment, la
demi-sterling est encore intacte, bien que déjà
changée. Et courons, cette fois, vers le travail.

Je suis certain d'en trouver ! N'ai-je pas aperçu,
lors de mes balades, des magasins aux enseignes :
Latteria Romana ? Ce sont, à n'en pas douter,
des *Laiteries... Roumaines !* Cette enseigne, ainsi
qu'une pancarte accrochée sur toutes les maisons
et disant : *si loca un piano*[1], m'ont fait croire qu'à
Naples toutes les laiteries sont tenues par des Roumains et que tout le monde loue des... pianos !
Deux choses différentes, qui dansent devant mes
yeux pendant que je cours après les trams et dont
la première me réjouit. Non, je ne suis pas perdu.
Laptaria Românâ, c'est cela, *Latteria Romana* !

1. Appartement à louer.

Sacrée langue latine : tu as fait du joli ! Car, trop certain de trouver un emploi chez *ces Roumains qui ne me laisseront tout de même pas mourir de faim, je retarde l'heure du servage*, je m'élance, pendant trois autres jours, à travers les somptueuses campagnes qui environnent Naples. Je cours le port, les quais, les églises. Je fais des connaissances.

Parfaitement, des connaissances !

Une de celles-ci m'entraîne un soir dans un bouge où l'on danse au son de l'accordéon. Beaucoup de jeunes filles. Joie, sincérité, rien de louche.

Comme je ne danse pas, je bois, je plaisante, je regarde. Une fillette sort dehors avec une régularité chronométrique, met les mains en œillères des deux côtés de sa bouche et crie, d'une voix divine, vers quelque divinité d'un cinquième :

— *Na-a-a-ni-i !*

Une fenêtre s'ouvre au ciel. Une autre voix divine répond :

— *Qué bouoï ?* (Que veux-tu ?)

— *Chendi a basso ! Tché oun soldatiello, oun pasquale, qué ti bouolé* (Descends en bas. Il y a un petit soldat qui te veut !)

Et la chose divine descend... « en bas », bien bas,

dans l'enfer terrestre, en y entraînant le *soldatiello*. Le tout ne coûte que cinquante centimes.

Mais c'est encore trop cher, il faut le croire, puisque à la porte du cabaret, un «père de famille» fait une concurrence terrible à cette entreprise céleste. Jugez-en : ce père, un fouet sur l'épaule, attrape les *pasquale* par la manche, leur montre ses deux filles installées sur un chariot à attelage mixte, âne et vache, et offre, *pour une lire, manger, boire et... le reste* !

Un *soldatiello* monte. Puis un autre. Je monte aussi. Le père prend la tête. Vache, âne et commerce s'ébranlent dans la nuit. En route, un abonné grimpe au trot du tombereau, salue, distribue des baisers, des poignées de main et des cigarettes.

Banlieue. Maison de campagne. Fouillis. Misère. Sur une grande table, la mère et une fillette déposent du pain, du fromage, des pâtes, du vin. On mange, on boit et on passe à côté, dans une pièce qui n'a qu'un rideau à la place de porte. Les couples y entrent à tour de rôle. Deux mioches, cinq ou sept ans, deux vrais gnomes, vont et viennent, eux aussi, sérieux, l'un portant une cuvette, l'autre un broc d'eau.

On est gai. On rit. On ne s'en fait pas. Je reste

assis et je regarde la fillette. Elle peut avoir douze à treize ans. À quand son tour?

Ma foi, tout de suite, car la mère, m'en supposant l'envie, la pousse du coude, me désignant :

— *Hé vaï...* (Va donc!)

— *Co dgio anda qué non mi chiama!* (Comment aller, puisqu'il ne m'appelle pas!) répond, vexée, la petite.

*

Oui, je connais Naples.

Pour en arriver là, il a fallu que je paie. Plus cher, bien plus cher que ce que vous prennent, pour vous y mal promener, Thos, Cook and Son.

J'ai connu Naples avant la fin de ma première semaine de séjour. Et j'ai su, en effet, que je pouvais mourir ensuite. Pour moi, Naples n'a point de salut, pas plus que pour une bonne part de ses propres enfants.

Épouvanté, mes trois dernières lires en poche, je bats les quais, les embarcadères, je scrute tous les paquebots qui mettent le cap sur Marseille, mais ici, il n'y a point de *barcadji* grec pour consentir à fourrer dans quelque nouveau *Saghalien* le désespéré *palikaraki* que je fais après avoir vu Naples. Du matin à la nuit, j'assiste aux départs des navires qui vont, sans moi, vers des rives plus miséricordieuses. J'espère, cependant, y parvenir un jour.

Nous sommes en février, début de ma seconde huitaine dans la ville du plus beau golfe du monde.

Courageusement, j'appelle l'*albergatore*, j'ouvre ma valise devant ses yeux.

— Voici : complet neuf, linge neuf, bottines neuves, plus *Socrate* et *Eminesco*. Combien de temps, pour tout cela, *mangiare* et *dormire* ?

— *Ouna settimana*. (Une semaine.)

Bon. Adieu, ma valise ! Je reste avec deux chemises et deux caleçons sur moi ; une paire de chaussettes, deux mouchoirs, deux faux cols, une serviette, un savon, mon rasoir s'éparpillent dans mes poches.

Et que je n'oublie pas d'évoquer, à cette heure solennelle où j'écris l'aventure qui a le plus amusé mes amis, l'objet principal que j'ai sans le vouloir sauvé du désastre : le minuscule livre intitulé *Ombra*, de Gennevray, traduction roumaine parue dans une de ces collections populaires qui ont nourri et instruit une génération entière, et dont l'éditeur, un Juif sans nom dans le monde, a fait faillite et s'est tué.

Je dédie à sa mémoire cette page de ma vie,

pour le bien que ce conte, édité par lui, m'a apporté pendant mes longs jours de famine à Naples.

J'ai tout oublié des effets qu'une mère endolorie avait achetés et enfermés dans cette valise, la première que je perdis au début d'un vagabondage qui continue encore. Jamais je n'oublierai *Ombra*, seule nourriture et seul témoin d'une âme que la détresse épiait.

Maintenant que la pièce d'or et le tas de cuivre ne sont plus, une vie nouvelle commence, une vie qui va durer une semaine et dont ma valise fera les frais.

Je suis mis de force au régime de la « ragoûgnasse » de morue salée aux haricots secs et aux nouilles. Pour pouvoir la faire descendre, je mâche en me tenant le nez hermétiquement clos. Sais-je, Seigneur, que tu me réserves des jours où je serais heureux de la retrouver?

Du travail, je n'en cherche plus qu'entre-temps, bien inutilement d'ailleurs. Et tout ce temps je l'emploie à rôder dans le port, en quête d'un second *Saghalien*. Il y en a, mais voilà : *chat échaudé craint l'eau froide*; je ne veux plus des *Saghaliens* qui font escale et d'où l'on vous débarque dans des Naples. D'autres, il n'y en a point, mais il est permis d'espérer.

En attendant, je fais grande attention de ne pas me trouver devant une «bonne occasion», dépourvu de la somme de deux lires, absolument nécessaire au paiement du batelier qui doit me transporter jusqu'au *Saghalien* de mon rêve. Et c'est dur, Seigneur! car je fume, et je dépense, chaque jour, trente centimes rien qu'en tabac! Mes deux lires sont déjà écornées, mais j'ai un petit trésor de réserve : ma Roskopf, un très beau canif, un joli portefeuille de cuir et un tout aussi joli porte-monnaie. Sacrifiés au moment opportun, ces menus objets me sauveront de la misère. Cela, je me l'enfonce profondément dans la tête et je ne me permets plus de défaillance : je sais que je suis un homme perdu et que pour moi n'existe plus ni Dieu ni âme qui vive. Homme seul au monde, homme plus en détresse qu'un chien vagabond, homme qui n'a plus qu'à s'étendre au milieu de la rue pleine de passants et à y mourir!

Pendant cette semaine de morue, aux frais de la valise, un petit événement intervient pour me procurer le tabac quotidien. C'est une famille d'Arméniens, en route pour l'Amérique, qui descend dans mon *albergo* et à laquelle je me propose comme cicérone, non sans garder un œil sur le mouvement des bateaux directs. Elle accepte, mais, là, encore, quelle misère du cœur humain! Pour toute une matinée ou un après-midi de balade à pied, d'explications chaudes et de dévouement de vrai guide, ces rapiats ne me donnent que cinquante centimes! Ô homme, que tu es laid!

Ce sont, cependant, des gens aisés, le père, la mère et sept enfants. La moitié de la journée ils se promènent; l'autre moitié, ils la passent dans l'appartement, où ils se repaissent de toutes les douceurs, mangent, boivent, rient et fument des narguilés somptueux. Ils n'ont aucune idée de la morue et ne me demandent rien, à moi qui en sais quelque chose. Ils me donnent cinquante centimes et me regardent avec des faces joviales et grassouillettes, le père surtout, un beau barbu. Il raffole du dernier-né, un garçon de six ans, qui danse du nombril pendant que « papa » frappe sur un tambour de basque et chante, d'une voix mâle de basse noble. Cette mélodie — ce refrain plutôt —, que je possède avec justesse, et ses paroles, où il n'y a peut-être rien à comprendre, me hantent, depuis, comme un doux et triste rêve de ma vie. Longtemps, je n'ai pu les évoquer sans me sentir crouler sous le poids de ce souvenir de Naples, avec sa splendeur, avec son atrocité, et avec l'égoïste bonheur de cette famille.

Je transcris ici mon souvenir, musique exacte et

paroles incompréhensibles. Je le fais pour moi,
rien que pour moi... Peut-être, aussi, pour l'at-
tendrissement des hommes qui ont le cœur plein
de chansons cruelles et qui connaissent le prix
des évocations lamentables.

En voici une, greffée dans ma chair :

*

Terminée, la semaine de morue! Partie, la
famille arménienne! Tout est fini : abri, nourriture, tabac! Je suis dans la rue, navrant *palikaraki*!

Pendant deux jours, je rôde encore autour de
mon *albergo*, un bout de pain sec dans le ventre.
Le patron s'apitoie et m'offre, une dernière fois,
un plat de sa morue, que je dévore, puis :

— *Venga con mé!* (Viens avec moi!)

— Où?

— Au Consulat roumain!

Je reste perplexe : je n'y avais pas pensé. Et cette idée ne me dit rien : qu'est-ce qu'il peut y avoir de commun entre le consul de ma patrie et moi?

— Il pourrait te rapatrier, me dit l'Italien, en me traînant chez le consul, et, surtout, me payer les quinze lires que tu me dois!

Je pense : «*Il* pourrait aussi me demander ce que je fiche là, et, surtout, réclamer un passeport, que je n'ai point!» Et je dis à mon *albergatore,* qui marche, anxieux, ses beaux sourcils froncés :

— Savez-vous ce que c'est qu'un *palikaraki*?

— Non.

— Eh bien! c'est un sujet que les consuls n'aiment guère, et c'est moi!

L'homme s'arrête, les mains dans les poches, et me regarde, dépité :

— *Porco Dio!*

Un instant, je crois qu'il va renoncer à son projet. Mais non.

— *Andiamo sempre!* (Allons toujours!)

Et le supplice commence.

D'abord, chez le consul, qui n'est qu'honorifique et ne sait pas un mot de roumain :

— Voici... Monsieur... Ce Roumain, qui est

venu chez moi, il y a quinze jours... Il crève de
misère et me doit quinze lires.

— Je ne suis ici que pour les visas et ne puis
rien faire.

Nous descendons bredouilles. Dans la rue,
l'Italien songe. Puis :

— Viens !

— Où ?

— À la Préfecture !

— De grâce ! Vous avez ma valise ! Cela ne
vous suffit pas ?

— Si ! Mais j'aimerais mieux avoir mon argent
et te rendre ta valise !

Le brave homme !

À la Préfecture. Un chef de bureau qui som-
nole, les mains réunies sur le ventre. Le Napolitain recommence :

— *Scuzate... Signore... Questo Rumeno... otto
giorni... non pagato... quindici lire...*

— C'est un malfaiteur ?

— Non, mais...

— Ici on ne s'occupe pas de dettes !

Dehors, je respire : enfin !

Il n'y a pas d'« enfin » : le Napolitain fouille
dans son esprit :

— Viens !

— Encore !... Mama !...

— Hec! Il fallait rester avec mama! Ici : *Napoli!*

— *Vedi Napoli, poi mori?*

— *Davvero!*

Je le suis. Cette fois, c'est à la mairie qu'il me traîne :

— *Signore... Guardate... Questo... Rumeno...*

Même monologue, pendant que je reste là, comme un chien battu. Même résultat, et...

Dans la rue, s'essuyant deux fois de suite le dessous du menton avec le dos de sa main, l'*albergatore* crie à mon nez :

— *Non tché mangiaré! Non tché dormiré!*

Et il s'en va.

Brave homme quand même... Homme qui lutte, qui peine et qui fait son possible pour rester bon. Mais la vie se moque de tout cela.

*

Cloué sur le trottoir, je m'appuie contre le bâtiment de la mairie et je ferme les yeux, pour garder l'image de cet hôtelier qui s'éloigne, navré, en gesticulant. Il m'est impossible de lui en vouloir. Je n'en veux, d'ailleurs, à personne. C'est moi le fautif. Ai-je jamais voulu être un homme rangé? Non. Depuis toujours je me connais ainsi. Alors?

Ce n'est pas pour rien que le Roumain dit : « Aux ennuis que l'homme se crée de ses propres mains, le diable même ne peut rien. »

Machinalement, je me dirige vers le port. Là-bas, il y a d'immenses piles de bois, protégées par des toits à double pente. Ce sera mon gîte de nuit à partir de ce jour. Ah ! mes pauvres vêtements, qui sont encore neufs ! Mais j'y ferai attention... Puis, les planches doivent être propres ; c'est du bois de menuiserie.

Propres ? Va te promener !

Je grimpe, à quatre pattes, dans la nuit noire, et tout de suite mes mains rencontrent des pieds qui puent à faire vomir. Ce sont des camarades, des *palikarakis*, comme moi ! Celui que j'ai touché gronde amicalement et me dit qu'il y a « assez de place ».

Je vide mes poches, qui sont bourrées d'effets, je me forge un petit oreiller, et je m'allonge, en me couvrant de mon paletot. Mais je ne puis fermer l'œil de la nuit. Il fait froid... Je grelotte. Et, il y a encore quelque chose : mes compagnons me passent généreusement leurs poux. Seigneur ! C'est à ne pas croire ! Ah ! ceux-là, à coup sûr, ne se nourrissent pas de morue salée !

Furieux, je pars le lendemain matin à la recherche de « n'importe quoi ». Je fais toute la

ville et le port ; je m'offre, pour des salaires déri-
soires, partout où je vois une besogne à faire, mais
je me rends compte de l'inanité de mes efforts :
les Napolitains mêmes sont de trop et crèvent
plus de faim que moi. Il y en a dix qui se battent
pour une place, pour une heure de travail, pour
une malle à porter. Le soir venu, je me glisse,
sous notre toit, sans avoir mangé de toute la journée, plutôt par dépit, car j'ai encore quelques
« soldi », précieusement réservés pour le tabac, ma
seule consolation. Comme je porte en main une
canne de bambou, je me figure que c'est peut-être
à cause d'elle que je ne suis pas accepté, et je
l'abandonne sur la pile de bois, en repartant,
après une seconde nuit passée à me gratter.

De nouveau je cours toute la région, je joue
des coudes, je réclame ma part de vie, si misérable
soit-elle. Rien, rien, rien !

Alors, je fais la paix avec mon destin. Inutile
d'user ses chaussures. Inutile de vouloir enfoncer
un mur avec sa tête. Paix ! Paix avec soi-même !

Défaillant, affamé, le cœur vide de tout sentiment, je me laisse choir sur un banc. C'est une
place publique à la sortie du port. Devant moi,
des vauriens se bousculent autour d'un immense
chaudron qui dégage des vapeurs en plein vent.

Je m'approche et je vois qu'un cuisinier ambu-

lant distribue à manger. Quoi ? De la morue ?
Non. Pire ! De la couenne et des restes de pain de
toutes qualités, ramassés dans les restaurants. Pain
et couenne bouillent dans une cinquantaine de
litres d'eau ; le chef les attrape comme il peut,
avec sa louche ou avec les doigts, et les balance
dans l'assiette de métal qu'un mangeur vient
d'abandonner dans le tas.

Combien ça coûte ? Un sou la portion ! Et on
vous en met ! Et c'est bon, nom de Dieu ! Ça
fond dans la bouche. Mais il faut se presser, car
le chaudron se vide en un clin d'œil... Il faut
aussi ne pas être difficile, devant cette soupe dans
laquelle on dirait que tous les *palikarakis* de
Naples se sont lavé les pieds !

N'empêche, on en redemande, le sou dans une
main, l'écuelle dans l'autre, et on avale tout cela,
avec des grognements de satisfaction. Puis, les
mains dans les poches, l'œil à moitié clos et indifférent, on se dandine jusqu'au bureau de tabac,
où l'on achète un « pac » à six sous ; on en roule
une cigarette, en lâchant de gros renvois, et on
la fume, allongé au soleil, le cerveau inexistant.
On admire Naples !...

Voilà l'homme qui a fait la paix avec son sort.

Je la fais avec mon sort et avec Naples : je tire

la chemise sale de dessous et la mets dessus, en me faisant ainsi de deux chemises sales, deux propres.

Pour mon malheur, je n'ai jamais pu conserver cette paix plus d'un quart d'heure, ni dans l'abrutissement de la pensée, ni dans l'inaction complète, en dépit des promesses que je me suis tant de fois faites de regarder la vie froidement. L'*à quoi bon* n'a jamais été mon ami plus d'une minute de cafard. Tout est *bon* qui fait vrombir la machine humaine, même la gaffe impardonnable, comme celle, par exemple, que je commets ce jour où je me suis, pour la première fois, repu de couenne.

Les mains dans les poches, savourant ma cigarette, je tombe sur un camelot qui explique son jeu : «Un franc pour deux sous!» Le jeu : sur une table, une boule suspendue à une chaînette. Devant elle, une quille, que la boule, lancée, doit renverser.

Le malin prend la boule :

— Vous voyez, messieurs : on vise droit et on lâche : la quille est renversée! On gagne un franc avec deux sous seulement. Là, comme ça!...

En effet, il lance et renverse la quille. D'autres — des comparses probablement — la renversent aussi. C'est vraiment facile. Je vais tenter ma chance!

Oui, mais avec quel argent? car je n'ai plus qu'un sou. Eh bien! avec la lire que le camelot, lui-même, me donne, en échange de mon canif, gardé pour les instants sinistres!

Ah! me dis-je: si j'arrive à renverser la quille deux ou trois fois, je gagne de quoi tenir autant de jours! Et j'attrape la boule, je vise, je lâche, et... l'imbécile passe à gauche, sans toucher la quille. Ça y est, j'ai perdu mes deux sous!

Il faut que je les rattrape. Et, à coup sûr, c'est une maladresse due à l'ignorance du jeu; je n'ai pas bien visé. Mais le jeu est simple, je l'ai bien vu.

Je reprends la boule, vise, lâche : elle passe cette fois à droite et ne touche pas davantage la quille. Ça fait quatre sous de perdus! Comment les laisser?

Je continue, en visant, en lâchant, et la boule passe toujours, tantôt à gauche, tantôt à droite, et avec elle, tous mes sous, tout mon canif, dans la poche du filou!

Défait, le cœur battant comme si j'avais tué un homme, je me dirige vers ma couchette, où un sommeil, lourd cette fois, m'empêche de sentir la vermine et les conséquences de ma grave faute.

*

À la fin de cette première semaine passée à la belle étoile — la troisième à Naples — je n'ai plus que ma Roskopf, destinée à une suprême tentative de salut. D'ailleurs, elle est invendable dans cette ville où les Napolitains proposent, à tous les coins de rues, des montres prétendues en or et soi-disant volées. Ils les offrent à tous les étrangers, après les avoir frottées tout le long de leur cuisse, et ils trouvent même des gogos pour les acheter. Ce sont, plus particulièrement, des Anglais, ces éternels chercheurs de bonnes occasions à travers tous les continents.

Aussi, presque malgré moi, ma Roskopf est sauvée par cette concurrence. Le reste : portefeuille et porte-monnaie sont vendus ; le produit tombe dans la poche du cuisinier ambulant. De la couenne, encore de la couenne et toujours de la couenne !

Quoique friand de couenne, dès mon enfance, je n'en ai, de ma vie, ni vu ni mangé autant ! Je la sens, pendant des heures, me monter au nez, avec son odeur de semelle grillée.

Tout à l'heure, ce sera autre chose de bien moins substantiel, qui me montera au nez.

Pour le moment, j'ai le ventre vide depuis deux jours et je rôde sur les quais, où je rencontre mon ancien *albergatore* :

— Rien ? me demande-t-il.

— Rien encore.

— Mangé ?

— Non.

— Viens à la maison : j'ai quelque chose de bon !

À la maison, je dévore un ragoût de viande, que je trouve excellent :

— Qu'est-ce ?

— Du lapin ! fait-il, en suçant un os et en souriant drôlement.

Je n'y fais pas attention, mais, agacé par les miaulements désespérés d'un chat enfermé dans un sac, je demande, pendant que nous nous régalons d'un bon café :

— Pourquoi tenez-vous ce pauvre chat dans le sac ?

— Pour le ragoût de demain, me répond-il, gravement.

Et, séance tenante, il se lève, prend le chat, lui lie autour du cou le nœud coulant d'un gros fil de fer, passe ce dernier par le trou d'un tabouret, et, montant sur le tabouret, tire du fil de fer et, sous mes yeux, étrangle la pauvre bête, qui se débat horriblement.

Je remercie et sors. Avant d'arriver dans la cour, j'ai vomi tout mon repas.

Nous sommes un peuple arriéré, mais chez nous personne ne mange le chat, pas plus que la grenouille, ni même le cheval.

*

Ce délicieux ragoût de chat, que je n'ai pas eu la vertu de digérer, fut mon dernier repas à Naples... et, cependant, huit jours devaient s'écouler encore avant que je pusse espérer un changement.

Un jour, comme j'allais à la dérive, du côté de Filippo Santo, mon regard rencontra une grosse affiche dont les grands caractères me clouèrent sur place. Il était dit, entre tant et tant d'autres éloges, que

IL MAGNIFICO VAPORE

HOHENZOLLERN

partira à (telle date)

DIRETTISSIMO

DA NAPOLI A ALESSANDRIA D'EGITTO

Mes départs

Cela se passait vers fin février 1907.

Je lis et relis la merveilleuse affiche, et mon cœur se gonfle de joie sous le pressentiment du salut qui approche. Ce *Magnifico*, ce « direttissimo » surtout, c'est mon navire ! C'est mon salut ! Il doit l'être, dussé-je me cramponner à son gouvernail, dussé-je commettre un crime !

Et, certain de la réussite, débordant d'espoir, je cours, presque en dansant, par toute la campagne napolitaine, je me roule sur l'herbe, j'aboie, je chante :

> *Tambour, tambour !*
> *Yavasch, Yavasch...*
> *Siga, siga, yécâché*
> *Haï, kyravéndi, karaghésléri !*

Mais comme je chante, le soir vient, et j'ai faim... J'ai faim, pauvre de moi, et je sais que huit jours vont se passer avant que je prenne un repas, car ce repas je dois le prendre sur le *Magnifico*, sur le « direttissimo », ou nulle part, nulle part !... Je suis un homme qui ne mange plus ! Je n'ai plus rien à vendre, plus que ma Roskopf, mais avec celle-ci je pense payer le batelier qui, le moment venu, devra me transporter jusqu'au pied du *Hohenzollern* !

Cela sera ainsi, mon brave *palikaraki*, dusses-tu mordre la poussière, brouter de l'herbe...

Et, en effet, je suis au milieu d'une immense plantation de salade romaine, haute jusqu'aux genoux! J'en arrache une, la dépouille jusqu'au cœur et... Courage, mon ami! De la morue, tu en avais assez. La couenne te donnait des nausées. Le chat, tu l'as vomi. Eh bien! bouffe maintenant de l'herbe et cours, cours ensuite, comme les oies dans les pâturages, au début du printemps!

Il en fut ainsi : j'ai bouffé de la romaine huit jours durant et j'ai couru comme les oies!

Pas une miette de pain, dans tout Naples, pour ma bouche : pas un sou pour en acheter, pendant une semaine entière! La trempant dans du sel, que je chipe devant les épiceries, je ne mange que de la salade, bois de l'eau et cours! Mon tabac, ce sont les mégots. Mon domicile, toujours sur la pile de bois, dans le port. Je suis devenu si moche que je ne me reconnais plus quand je vois mon image dans les vitrines.

Mais «Dieu est grand» et, sur la terre, toute chose arrive à sa fin.

Voici le *Hohenzollern*! C'est le jour de son départ. Du quai, on aperçoit à peine son pavillon, qui flotte très loin. De belles embarcations font la navette entre lui et la rive. Cook lui envoie déjà de beaux messieurs, de belles dames et leurs grosses malles.

Et moi? Moi, aussi, je ne voyage qu'avec des « direttissimo ».

Allons, *palikaraki*!

Devant un lavoir public grouillant de femmes, je me mets en bras de chemise : une bonne savonnade et, un miroir de poche sous les yeux, je me fais la barbe. Les femmes rient. Moi aussi, car c'est le jour de mon départ sur le *Magnifico*!

Une fois rasé, j'ajuste mon faux col et confectionne un beau nœud de cravate, comme au temps où j'étais moi aussi un homme. Puis, avec ma brosse à moustache, je procède au nettoyage radical du complet et du paletot, je frotte mes bottines. Me voici jeune homme à la mise correcte, respectable!

Je cours chercher ma canne, dont personne n'a voulu. Adieu, mon toit! J'ai choisi mon bateau! Maintenant, c'est le tour de ma Roskopf. À qui la vendre? Ma foi, si ce n'est pas à mon *albergatore*, ce sera dur!

Je pars courageusement et, avant de monter, je sors ma montre et la regarde :

— Chère Roskopf! Sept francs tu m'as coûté! Quatre années, depuis, que je te porte! Pardonne-moi ma traîtrise et fais le possible pour que j'obtienne les deux lires dont j'ai besoin pour la barque!

J'entre. L'Italien boit son café. Il fait de grands yeux, à me voir si beau :

— *Monneda?*

— Oui, *monneda*, dis-je, mais c'est pour vous en demander! Je pars tout à l'heure, car depuis votre dernier repas, je ne me nourris que de salade, je suis un homme-salade! Voici ma montre : donnez-moi deux lires, je vous en conjure!

Et je lui raconte ce que je veux faire.

Le brave homme m'écoute, visiblement ému, hoche la tête sans desserrer les mâchoires, et me donne trois lires, au lieu de deux, pour cette vieille boîte invendable. Je lui écrase les mains et vole vers le salut!

Au batelier — l'air impérial, canne à main et tirant sur ma cigarette —, je demande, comme si je ne le savais pas :

— Où est le *Hohenzollern*?

— Le voilà, monsieur!

— Est-il *direttissimo*?

— ... *Da Napoli a Alessandria!*

— Combien, la course?

— Deux lires.

— Conduisez-moi!

Et je saute dans la barque.

Glissant sur le miroir d'émeraude, chaque coup d'aviron m'éloigne de mon épouvante certaine et m'approche d'une autre, bien pire, parce que incertaine. Le batelier me dépose au bas d'un escalier dont l'extrémité supérieure est gardée par un *bersagliere* et un officier de bord.

Propreté éblouissante. Rien que du « beau monde ». Pas de *katastromatos*. Grand luxe. *Il Magnifico!*

Autour du paquebot, des Napolitaines dansent dans des barques, au son des guitares, mandolines, violons, accordéons. C'est un charivari assourdissant. Les passagers du bord jettent des sous dans les barques et dans la mer, qui fourmille de nageurs. Ceux-ci, la bouche pleine de pièces, guettent la main qui va lancer la lire et, avant que la monnaie ait fini de parcourir sa trajectoire, ils plongent comme une flèche, et s'en saisissent pendant qu'elle descend à la manière d'une feuille morte. En revenant à la surface, ils la montrent entre leurs dents.

Je paie le batelier et monte... « Comme un coq »... Mais déjà mon regard se voile, mes jambes fléchissent, j'ai le souffle coupé ; oui, en ce moment, je suis près de tuer !

En haut de l'escalier... Les deux hommes me saluent poliment... L'un me demande :

— Votre billet ?...

M'imposant un calme mortel, je réponds, l'air las :

— C'est pour conduire un ami...

— Passez, monsieur.

Je passe, prêt à m'évanouir.

*

À partir de cet instant et jusqu'au départ du navire, une heure environ, j'ai vécu les secondes les plus atroces, les plus meurtrières de ma vie ! Je ne connais rien qui égale ce supplice, je ne connais rien de plus sanglant, ni la faim, ni la prison, ni la blessure féroce. Seul le tourment que donne l'amour charnel contrarié peut se mesurer avec ce déchirement des pauvres entrailles humaines.

Car, c'est cela : des lambeaux de vie qui se détachent de vous, brûlent comme des météores sans que vous le vouliez et s'en vont dans l'infini, en emportant le meilleur de votre sang : *la joie de vivre*. Après quoi, vous n'êtes plus qu'un paquet d'ossements, un squelette qui ricane, qui pleurniche et qui s'appelle : *pauvre bonhomme*.

Je vais aussitôt jeter ma loque sur la balustrade de bâbord et j'appuie ma tête fiévreuse contre un pilier. De là, je peux voir l'escalier, car toute ma vie dépend maintenant de cet escalier, qui est ma terreur tant qu'il n'est pas remonté, tant que quelqu'un peut encore me saisir par la nuque et me lancer, où? Dans une vedette de police? Dans une ville de misère? Non, non; dans la salade!

Il ne s'agit pas de la misère, qui est une chose supportable, que je connais et dont je n'ai pas peur, mais il s'agit de la salade. Huit jours de salade, après huit jours de couenne qui ont suivi huit jours de morue salée! Ce n'est pas de la misère, cela : je suis un jeune homme gavé d'herbe et qui risque à chaque seconde d'être renvoyé au pâturage! Et ce qui est le plus terrible, c'est que je n'ai aucune envie de me jeter dans cette mer, qui est à mes pieds, je ne pense nullement à la mort : je veux vivre, la vie me plaît, et ce Naples, et cette humanité imbécile. Il n'y a que la salade qui ne me plaise plus!

Et toute blouse blanche qui passe derrière moi, tout képi, tout mouvement qui se produit à proximité de ma nuque — soit pour donner un ordre, soit pour jeter une pièce de monnaie dans l'eau, soit même pour cracher par-dessus la rampe —, ce sont autant de mains qui m'empoignent pour me conduire à ce maudit escalier et me balancer dans la salade.

Je sens ma chair fondre comme la cire qu'on approche d'un brasier. Pour moi, la vie s'est arrêtée, le soleil ne bouge plus, à l'exemple de cet escalier.

Afin de me donner une contenance, je sors de ma poche *Ombra*, que je connais par cœur, et je fais semblant de lire, mais je ne vois pas une seule ligne ; je ne vois que l'escalier figé dans sa position, des bras d'homme qui me frôlent en passant et... la salade. C'est tout ce que mes yeux peuvent voir.

Mais je tâche de fixer autre chose, quelque chose qui tienne du rêve : j'appuie mon front contre le pilier, je fais du Vésuve une cible et j'attends la minute où la montagne aura bougé, très lentement d'abord, puis vite, vite, loin de ces rives.

J'attends. Et rien ne bouge. La montagne, mon pilier, ces marches à lames de cuivre brillant qui conduisent droit à la salade, tout est frappé d'immobilité. Moi seul, je suis mobile, mon cœur seul vibre de toutes les terreurs de l'univers, il n'y a que moi qu'on peut déplacer comme on veut et expédier lestement dans les plantations de salade, où je dois vivre dorénavant en herbivore, comme les oies, me nourrir cent fois par jour et autant de fois me vider.

Le pilier dans les bras, les yeux fixés sur le Vésuve, je me rappelle que j'ai *Ombra* dans les mains, *Ombra* qui a été mon seul compagnon de route, mon confident et mon ami, pendant ces interminables jours, et je me demande : pourquoi est-ce que les hommes écrivent des *Ombra* émouvantes, des *Ombra* pathétiques, alors que la terre n'est qu'un immense champ de salade, dans lequel nous pouvons tomber pour n'en plus jamais sortir ?

Un *bou-ou-ou* formidable ébranle le ciel et la mer, et me jette les dents contre mon pilier.

Maintenant je suis un *palikaraki* si léger, qu'on pourrait me saisir entre deux doigts et me poser où l'on voudrait : dans le chaudron à couenne ou dans la campagne napolitaine. Je ne respire plus, je me colle à la balustrade et supplie l'escalier de monter avant que je ne sois transformé en une plume que le vent emporte. Je ne sais pas si j'ai le droit de me réjouir. Entre le premier et le troisième *bou-ou !* l'éternité est si cruelle qu'on pourrait, avec un léger souffle, et mille fois dans une minute, me balayer hors de ce désespérant *direttissimo* de mon salut.

Et voilà : un double coup de sirène, puis un triple, et je vois des bras puissants qui tirent à eux le méchant escalier et le replient à bâbord. Le navire part, majestueusement, faisant tourner la terre autour de lui. À la sortie du port, il stoppe, le pilote descend dans sa chaloupe. Un bref *bou!* — le salut civilisé pour le pilote de Naples et pour sa salade — et nous prenons de l'allure, nous gagnons le large, pendant que le bâtiment tremble de toute sa puissance, pendant que le vent souffle dans les cordages et que les voyageurs soulèvent le col de leurs manteaux.

Alors, je me dis, à haute voix :

— Ça, c'est mon *direttissimo*!

Et avançant les pectoraux — cigarette au bec, les mains dans les poches, la canne en bandoulière — je me promène, crâneur, sous la passerelle du commandant, auquel j'ai envie de crier :

— Hé, l'ami!... Comment va-t-elle, cette petite santé ?

*

Il fait nuit. Belle nuit méridionale. Le paquebot ralentit... Comme ça, tout à coup!... En pleine mer...

— Qu'est-ce qu'il y a?

Salons et cabines se vident. Tout le monde est sur le pont, chaque classe a son pont, ceux qui ont mangé et ceux qui n'ont pas mangé, que ce soit par indisposition ou parce que personne ne les y invite.

— Qu'y a-t-il?

C'est le Stromboli! Et mon ami le commandant, qui est un chic type, a ralenti son *Magnifico* pour que nous puissions contempler à notre aise cet éternel cracheur de feu. Regardez-le! Il est à deux pas de nous. À son sommet, le jaillissement rythmique de lave incandescente éclaire la nuit à de courts intervalles. Le sentier de feu, rouge sur les pentes supérieures, descend en zigzag, fréquemment entrecoupé, se ternit au fur et à mesure et disparaît au pied de la montagne, où une ébullition cyclopéenne gronde dans le silence nocturne. Spectacle unique, inoubliable. Le navire reprend son allure impétueuse.

Je m'assois et fume, dans la nuit calme. Je pense au contrôleur, qui va passer, mais... Nom de nom! Il va voir comment je vais le recevoir! Suis-je, oui ou non, sur un *direttissimo*? Et alors? Qu'est-ce que vous venez m'embêter? Finie la terreur! Ça bouge, maintenant, ça ne s'arrêtera plus que là où j'ai mon père Binder, et, par conséquent, moi, je m'en fous ! Vous m'enverrez aux charbons : la belle affaire ! Comme si j'ai jamais dit que je me refuserais de tirer à la mine ma part de charbon ! Oui, je suis prêt à empoigner les manches de la brouette ! Oui, je suis prêt à payer ma course de n'importe quel travail, le plus sale, le plus humble, mais, pour l'amour de Dieu, soyez des hommes, laissez-moi sortir de la salade ; j'ai droit, moi aussi, à un bout de pain !

Et comme je fume et pense à ce qui va m'arriver sur ce *Magnifico*, un monsieur trapu fume lui aussi un gros cigare, juste en face de moi, le dos appuyé au parapet. Il ne me lâche pas du regard depuis un bon moment, mais je m'en moque !

Qu'est-ce qu'il me veut, celui-là, avec sa face de brave homme, sa casquette sur le nez, sa gabardine et son cigare qui brille dans la nuit ?

Il ne me veut rien. C'est un Autrichien ; je l'ai déjà entendu parler le viennois avec des voyageurs. Il m'interroge, soudain, en italien, alors que nous sommes seuls sur ce pont des troisième :

— Quelle cabine occupez-vous ?

— Je n'ai point de cabine.

Mes départs

— Comment! Tout le monde a sa cabine, ici.
Regardez le numéro de votre clef.

— Je n'ai point de clef.

Il paraît d'abord étonné, puis, comprenant,
sourit et vient s'asseoir à côté de moi :

— Êtes-vous, par hasard, un... ?

— Oui, un *palikaraki* !

— Et vous n'avez sûrement pas mangé ?...

— Que si ! De la salade...

— Venez avec moi !

Dans sa cabine, avec des mouvements de bou-
ledogue fébrile, il ouvre une valise, en tire des
sandwichs, des tartines, des bananes, des oranges,
du malaga, me bourre, me gave, me verse à boire,
encore et encore... Puis, de beaux cigares, de
belles cigarettes.

Ah ! *palikaraki* ! Tout se paie sur cette terre,
le mal comme le bien.

— Ne craignez rien ! me dit ce brave Viennois. C'est un paquebot de luxe. Pas de contrôle
en route ! À l'entrée, on prend votre billet et on
vous donne la clef de votre cabine. C'est tout...
Mais comment diable avez-vous fait pour arriver
ici ?

— C'est que... il y avait la salade !

*

Maintenant il me faut une couchette. Où la trouver ? Partout !

Je m'allonge simplement sur le grand carré qui couvre la salle à manger des troisième et je dors. Je dors comme une bûche, jusqu'au matin, quand une main me secoue. Je lève la tête, un peu vexé : une blouse blanche, un jeune visage gaillard se penche sur moi :

— *Fokïsta lëi ?* (Vous êtes chauffeur ?)

— *Fokïsta...*

Et je me couvre la tête, me rendors. Peu après, la même main, le même visage, reviennent à la charge :

— *Passagiéri, lëi ?*

— *Passagiéri...*

Le garçon éclate de rire :

— Ha ! ha ! Tu n'es ni chauffeur, ni passager, tu es un vagabond ! Viens avec moi !

Zut ! Qu'est-ce qu'il va me faire ? Contrôleur ? Charbon ? Adieu malaga, sandwichs, cigares !

Non ! Pas du tout... Bien au contraire : c'est la série du bien, après celle du mal ! C'est la vie.

Il me conduit dans la salle à manger, au-dessus de laquelle j'ai dormi. Là, petit déjeuner. Les voyageurs ont passé, et, sur trois couverts, deux sont intacts.

— *Ils* ont le mal de mer, eux! Toi, tu ne l'as pas! Vas-y!

Comme le loup dans le troupeau de brebis, je me jette sur ce beurre, cette confiture, ces petits pains tout chauds, ce bon lait, ce café exquis, et j'envoie tout cela réparer mes pauvres boyaux purgés par tant de salade. Le sommelier me regarde, les bras croisés, la face réjouie :

— Ne te presse pas! C'est permis! Tout cela doit aller à la mer, aux requins!... Et des rôtis, gros comme ça!... Et des *kougloufs*, comme ça! À la mer!...

À la mer... Pour les requins... Et moi, et des millions comme moi : salade, couenne, chiasse!

Pauvre humanité! Que tu es bête... Plus bête que méchante...

.   .   .   .

Trois jours, mer et ciel... Méditerranée joyeuse, parfois acariâtre. Firmament généreux, parfois boudeur.

De l'office des troisième — où, campé sur deux jambes solides, les manches retroussées, mes bras jonglent avec la vaisselle — je regarde, par le hublot, la mer et le ciel, qui se renversent en tous les sens, et je chante à tue-tête :

Tambour, tambour!
Yavasch, yavasch...

Soudain, en pleine mer démontée, en plein jour, le *Magnifico* stoppe! Qu'est-ce qu'il y a? Tout le monde envahit les ponts.

C'est un pauvre cargo grec en détresse. Il est complètement vide et roule à la dérive, le gouvernail brisé. Le *Hohenzollern* essaie de l'aborder prudemment. On s'entend au moyen des porte-voix :

— Tout ce que nous pouvons faire, c'est de vous prendre à bord! crient les nôtres, en italien.

— Vous ne pouvez pas nous remorquer? demandent les Grecs.

— Impossible! Nous sommes un paquebot postal!

Je crie, moi aussi :

— Impossible! Nous sommes un *direttissimo*!

Et mon ami le commandant sonne aux machinistes : *drin!... drin!... toute vitesse en avant!...*

Allons!... Chacun son destin...

.   .   .   .

Et voilà!... Par une matinée radieuse : *bou!... bou!... Hé, là, le pilote!...*

Nous accostons à Alexandrie.

J'écrase les mains de l'Autrichien, puis, celles du brave garçon. Celui-ci me dit :

— Donne-moi, en souvenir, ta canne de bambou !

La voici !... Adieu !...

... Hé, la France !... Rien à faire, en 1907 ! Ce sera donc dans dix ans et... par une autre porte !...

Je vole chez mon vieux Binder...

Saint-Raphaël, mars 1927.

Composition Bussiére.
Impression Novoprint
à Barcelone, le 23 février 2015
Dépôt légal : février 2015
1ᵉʳ dépôt légal dans la collection : avril 2005

ISBN 978-2-07-030818-7./Imprimé en Espagne.